从悉尼到苗黔山

〔澳〕胡仄佳◎著

SPM
南方出版传媒
花城出版社
中国·广州

图书在版编目（CIP）数据

从悉尼到苗黔山 /（澳）胡仄佳著. -- 广州 : 花城出版社，2017.3
ISBN 978-7-5360-8313-4

Ⅰ. ①从… Ⅱ. ①胡… Ⅲ. ①散文集—澳大利亚—现代 Ⅳ. ①I611.65

中国版本图书馆CIP数据核字(2017)第045202号

出 版 人：詹秀敏
责任编辑：蔡 安 李珊珊
技术编辑：凌春梅
封面设计：庄海萌

书 名 从悉尼到苗黔山
CONG XINI DAO MIAOQIANSHAN
出版发行 花城出版社
（广州市环市东路水荫路11号）
经 销 全国新华书店
印 刷 佛山市浩文彩色印刷有限公司
（广东省佛山市南海区狮山科技工业园A区）
开 本 880毫米×1230毫米 32开
印 张 8.875 1插页
字 数 180,000字
版 次 2017年3月第1版 2017年3月第1次印刷
定 价 35.00元

购书热线：020－37604658 37602954
花城出版社网站：http://www.fcph.com.cn

■ 代　序

胡仄佳的 2005 年秋天

苏　炜

记住“胡仄佳”这个有点特异的名字，确实源自 2005 年秋天她的那篇获美国《世界日报》散文首奖的《梦回黔山》。一篇立起来的文字真的能够立马雕塑出一位作家的立体形貌——那些妍丽招摇得能亮瞎眼的黔地老刺绣老银饰，那些爱酒善歌无比热情的苗族男女们，那些吊脚楼边、老屯河畔鸡鸣狗叫的乡场热闹……随着作者俏丽跳脱的笔触，一幅幅如歌如画地走来；你好像真切听到了飘拂到耳边的苗语侗语布依话那些八九个音调的声音，这黔山的风情也因之入梦，从此就再也忘不掉这位“胡仄佳”了，甚至似乎成了一位可以辨识音容的老熟人了！以至若干年后在澳大利亚悉尼一个文人聚会场合相遇，我几乎在第一时间里就把她“抓”了出来：“你就是胡仄佳吧？”“为什么你会认得我？”她似乎惊诧于我的“自来熟”（真的，那是最恰切不过的“一见如故”），其实我也说不出个为什么，大概因为笃信“文如其人”，就为着她眼眸中那一道纯亮的眼神吧。

说起“那一道纯亮的眼神”，这恰恰是读仄佳文字留给我的最深刻的感受。自《梦回黔山》始，我是每遇“胡仄佳”必读，每读必欣悦舒坦，必有莞尔会心处。对于“黔山”或者异域，她是“他者”；但这个外来的“他者”，总是目光温煦而融合其中、置身事内，因而血脉相交、声气相求的。她总是能用一种故乡人的真切去写异乡，又总是能用一种异乡人的鲜活去发现故乡。这个“故乡—异乡”视角的自然交会、互换和融合，就使得读仄佳有一种特别痛快淋漓的“不隔”（记得王国维《人间词话》里，视“隔”为词章大忌么），但又有一种亲炙土地、民俗、乡情之后的意态朗阔与心境升华（“意境说”，同是王国维《人间词话》里的高论啊）。“质感”这个词，最适宜于描述仄佳文字的特质。那种入骨入肉的场景质地、细节质地，“接地气”而不落猎奇俗套，存高义而不沾说教陈词，顺笔写来洋洋洒洒看头十足却又不露刻意经营痕迹，有写实质地，又有形上念思——这些，都是仄佳这一黔山系列的写作，最让我读来心仪心喜处。

下面这样的场景描写，就既是富有“当下感”“现场感”，又是带着一个异乡客的鲜活眼光的——

虽说老姜家的洗衣机坏了现在用来装新米，十四英寸黑白电视看不到图像的时候多，寨里人还是说老姜家富，天天来老姜家坐沙发听电视。老姜也不烦。今天还没黑尽，七八个鼻涕长流的苗娃就摸进老姜家坐满沙发，等老姜开电视听声音了。

清水江水电站发的电鬼火一样，电视屏忽明忽暗。苗娃娃手指电视开心大叫："暗了，暗暗暗暗暗……啊喂，又亮起来啰！"

老姜调来调去调得气上头："肯定是电站那几个砍脑壳的整冤枉！狗日天线咋就只收得到一个频道吗？人影子都看不清，就晓得咿里哇啦地说唱，唱你妈个鬼哟？"（《南歌子》）

——画面感、质地感、谐谑趣俱现，不是么？

那天，接到仄佳传来的文集目次及文稿，重读细读，我忽有一悟：我对仄佳文字的这种"一见如故"之感，竟是"其来有自"，真的是有个"如故"的因由的——我忽然想起当年读沈从文的《湘行散记》，那种扑面而来的湘西风、沱水气和山岚气。以往我一再说过：在我个人的写作生涯中，沈从文的湘西文字一直起着某种领路的作用。——原来仄佳之笔触让我感到似曾相识，在我潜意识里，竟是"如晤故人"——是我读到了一种久违了的"沈氏风"的"乡土文学"之魂的回魂或者回归呀！

那么，这个"乡土文学之魂"，又为何物呢？

"乡土文学"，可谓由鲁迅所开创，而由沈从文、许地山、王统照等文学先贤所鼎力完成的"五四"新文学的最大的"实绩"。茅盾先生曾在"乡土文学"鼎盛的1936年如是指出："关于'乡土文学'，我以为单有了特殊的风土人情的描写，只不过像看一幅异域图画，虽能引起我们的惊异，然而给我们的，只是好奇心的餍足。因此在特殊的风土人情而外，应当还有普遍性的与我们共同的对于运命的挣扎。一个只具有游历家的眼光的作者，往往只能给我们以前者；必须是一个具有一定的世界观与人生观的作者，方能把后者作为主要的一点而给与了我们。”

曾有人指责沈从文笔下那些宁静超脱的乡土风情，是“背离时代”的“空中楼阁”，是“美化落后”的“诗化麻木”（至少在我们受教育的年龄里，现代文学教科书里都是这么说的）。沈从文在他《从文小说习作选 · 代序》中曾对此作答：“这世界或有想在沙基或水面上建造崇楼杰阁的人，那可不是我。我只想造希腊小庙。选山地作基础，用坚硬石头堆砌它。精致，结实，匀称，形体虽小而不纤巧，是我理想的建筑。这神庙供奉的是‘人性’。”——在乡土中寻觅“人性”，重新建构现代文明失落的残酷现实中最坚实的“人性”，正是沈从文从《湘行散记》到《边城》《长河》里孜孜不倦挖掘、追求的乡土文学的“基质”，也是茅盾上言的“普遍性的与我们共同的对于运命的挣扎”——在牧歌式的乡情抒放中，浸润着对于乡土现实的批判性观察和书写把握——这，或许就是“乡土文学之魂”的“题中应有之义”吧。

从这一角度去观读仄佳的黔山文字，你会发现，作者对黔地色彩斑斓的民俗民风自是有着别样的浪漫关注，但她对当下乡土世态的观察却是冷静的，敏锐的，也是携有一种悲悯情怀的——

> 老屯河在黔东南大河清水江上游，是支流。早年间水清如碧，捞得起成精的大鱼。现在大鱼不见了，河面上却有牛马大小的绛紫色厚泡沫漂来，一竹竿打去，扑哧散成小团顺流而去。苗人在这河里挑水烧锅做饭，饮牛喂猪，在河里淘菜洗衣洗澡，晓得河水脏

但有啥法。寨子里那么多人得了大脖子病，还不是上游区造纸厂排下的脏东西造的孽？（《清水江月》）

乡水的蜿蜒、乡情的淳厚与环境的污染，就这样突兀、刺目地凸显在字里行间。

读《塘龙银世家》，在浮世绘般浓重的笔触里，作者与塘龙银匠家族两代人的巧遇写来纤毫毕见，祖居大屋的窄门与铸银洪炉的热火、时代进步夹缠着的世态炎凉，每一笔都有着雕镂式的细致质感。作者笔锋一转——

施洞镇高楼迭起的面貌并不迷人，高楼宽街症近二十年来成为风潮席卷中国大小城镇，凡是通公路的城镇皆被此潮挟裹，直到彻底丢失自己珍贵个性面目。苗族传统建筑稀疏，估计再过十年，施洞地道苗建筑苗镇将不复存在。

在施洞大街上走得无精打采，幸好先去了塘龙吴银匠家。失望之余去市场上割两斤新鲜牛肉，买些蘑菇带回张姐家晚上吃。（《塘龙银世家》）

写来看似漫不经心，却寄寓着作者对当今城镇都市化的深忧重虑。这样的对于“乡土质地”流失、自然生态破坏、传统人文历史环境变异的诸多旁敲侧击的摹写，虽在文稿中未成主轴却不时显现，处处透见出作者对黔山土地深厚却不时纠结的情怀，也让我一次又一次地看到她的那道纯亮温煦的目光。

在那道目光中，山依旧绿，水依旧清，小鲫鱼煮酸汤依旧可口，辣椒拌糯米饭依旧诱人，处在边缘地角的黔山土地上那些苗人布依人沉静深远的生命力量，依旧那样动人心魄——沈从文笔下营造的那座“人性的小庙”，又一次在我眼前出现了。但我忧心人性小庙的崩颓，变质甚至消亡；所以我不希望，我竟需要在若干年后，常常拿起仄佳的这本书来，让我这个漂泊经年、久处边缘地角的异乡人，遥想黔山，临风涕泗，好梦重温……

2016年11月23日

记于美国康州衮雪庐

（苏炜，中国著名旅美作家、文学批评家）

目录

澳大利亚“灰狗”失绣记

1990年2月，在堪培拉国立大学门瑟斯图书馆结束了我的施洞苗绣收藏展览后，决定带着那箱藏品回悉尼来，继续安排随后的展览。

在堪培拉国立大学读博士的成都朋友帮我买了张“灰狗”长途客车票，送我上车。朋友告诉我在悉尼中央火车站下车，家在悉尼的澳大利亚朋友巴比也得到通知，答应会准时来接我，让不懂英语的我彻底放下心来。

堪培拉到悉尼距离不到三百公里，长途客车慢慢开，四五个小时也能到。

上车前眼见装满我藏品的大皮箱被拎进灰狗客车下部的行李舱。客人不多，半数座位空着。我的座位在车中部靠右面窗，按澳大利亚英国系统交通规则方向，我靠窗的座位与对面逆行的车辆能交错互视的位置。灰狗大巴士车体高，坐在这样的位置上正

20世纪90年代初，在澳大利亚的悉尼、墨尔本、堪培拉和北澳等博物馆画廊和大学里，先后举办过我的苗绣收藏展十一次。

上图为在我的展览上合影。左起：华裔画家沈嘉蔚、出生在成都的加拿大人比尔、我、澳大利亚朋友德尼丝和德国汉学家芭芭拉

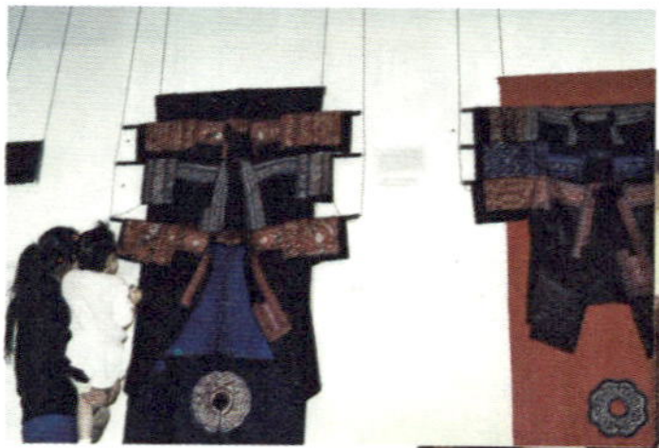

澳大利亚人非常喜欢这样有特色而神秘的刺绣艺术展

好满足我观赏沿途风景的嗜好。

车外阳光剔透，车内空调大开，座位舒适得有点不像话。

要知道那时的我离开中国还不到三个月，记忆中去贵州的长途列车晃荡且硬座僵硬，远行一趟总是腰酸背痛。从贵阳再去黔东南苗乡的客车，不但老旧不堪还人挤人挤到极限，我就没乘坐过这样舒适的长途客车。

澳大利亚高速公路路况好，行驶中的大巴士平稳安静，而且灰狗大巴士车内还有洗手间，尽管窄小，但不用等到大巴士停靠加油休息时才能急急释放，对我来说更是额外福音。我是那种尿脬小，自小爱喝水但体内缓存功能较差，憋功段位很低的人。

出国前常去黔东南看苗山水，神迷苗绣，上路最怕的就是烂客车全程不停，肚子里忍不住废水晃荡欲出，怎么办？当然，人憋急了还是可以喊停苗乡客车的，要是上了苗人原木凿成的小河船更惨，不到目的地不能停船。

记得曾去清水江下游赶苗场，唯一的交通工具就是这种两头尖的苗船，满船人货挤得没剩几米空娄。有一次，河上船箭般顺流下漂，熬不过闷热，上船前喝的水开始作乱，半程中无法再忍，无奈请同行苗女象征性遮挡，在鸡鸭笼米袋上高低站坐的苗族男女瞟视下，不得已在船里留下难堪，想起来现在也会脸红。

澳大利亚灰狗大巴士上有洗手间，随身带的一大瓶水可以放心喝干的心情好极了。

轻快的巴士行程令我十分放松，全程贪婪看窗外景色。澳大利亚大陆的风景与我的家乡四川以及贵州苗山水全然不同，高速

墨尔本澳华历史博物馆馆长廖伊利斯女士主持展览（1990年10月）

在首都堪培拉国立大学图书馆的展览上，我与澳大利亚刺绣协会主席朵尔斯女士、华裔作家徐慧（从左至右）在展览大厅里留影（1990年2月）

公路在桉树林灰蓝树林中无阻延伸，到处是树木，林中不时左一弯右一道的河道海湾，或海蓝或如亮灰绸缎的美。

灰狗大巴士的速度比小轿车慢，时速八十公里左右的速度一路开过，半路上停下几次放下乘客，开到悉尼城里已是晚上八点左右了，我是车上最后的两位乘客之一。

客车开进灰狗总站的大院子里，记得那是幢灰水泥高墙建筑。

跳下车来等着司机搬下我的箱子。那司机满脸疑惑地探头往灰狗大巴士的行李舱看看，手一摊，没有行李啊？司机摸不着头脑，我更紧张，车票上明明贴着行李票嘛，怎么会失踪了！腋下冷汗一股冒出来，我傻眼了。

来接我的巴比也急，拿着我的车票去公司值班室询问到底是怎么回事，车票上的行李票签在，我又是亲眼看着箱子被塞进行李舱的，不可能丢的，事情太蹊跷。

可天色已晚，巴士司机找不到行李，也要急着下班。

巴比领一张表格出来，帮我填写失单。先说箱子的大小，再填箱子内容和价值。她问我好几次这些老苗绣的价值，昏头昏脑的我说我哪里知道。

但这箱带去在堪培拉国立大学图书馆展出的苗绣是我藏品的精品部分，有六件近百岁的盛装，三十多幅图案造型绝美的老苗绣绣片，还有一批老银饰。

巴比再三催问，我蹦出个数字来。巴比眼睛都瞪圆了，反问我：你确定这是它们的价值吗？

应北澳艺术博物馆之邀，展览前亲自布展，开幕式前与我的翻译安奈特（左三）和艺术博物馆工作人员合影（1991年3月）

我咬牙点头，说是，是这个数字。我说的是澳元不是20世纪90年代的人民币。

填好表格交给灰狗巴士办公室的值班人员，巴比扭头安慰我，说灰狗公司一定会帮我查找箱子的，万一最后找不到，会按公司的赔偿规定赔我钱的。

看得出巴比对我说的价值数字持严重怀疑态度。

还在中国时，我曾带陶瓷艺术家巴比和铁艺艺术家日本人中林去过一趟黔东南，无奈刚到乡下巴比的一场高烧重感冒完全改变了我们的行程，她连苗寨都没进就离开了贵州。后来我曾送过几幅老苗绣给她，她也爱这几幅老苗绣，爱听我跟她神聊这些苗绣的历史。但老苗绣的物质价值如何，她并不那么清楚。巴比是那种非常诚实的澳大利亚人，价值观清楚，不明白的事不会夸张乱来。

可我怎么跟她形容说明这个箱子里的刺绣全是老物件精品啊！巴比的中文比我的英文强很多，但我说中文深点她也听不懂。

巴比看我发呆样，说先回家吧。

巴比开车带我去她朋友的家，离中央火车站不远。朋友家在悉尼内城区纽塘。老悉尼城市初建时的街道狭窄拥挤，当时有大量的蓝领工人家庭和不少澳大利亚原住民在这一带居住。百多年过去到20世纪五六十年代，当地居民成分渐渐生变，嬉皮士们大量进入这个工薪蓝领阶层区域。再到世纪末的八九十年代那阵子，纽塘不知不觉成了悉尼雅皮士白领人士、艺术家、中产阶级最爱的地方之一。民居街道还是那么狭窄，但老房子不破败还越来越有情调。这一带错综复杂的小街小巷里风格姿态各异的民居建筑，被各位屋主按自己的审美情趣调理得妖娆美妙，大小屋子充满个性但宜人居住。走上主要大街，各国风味餐馆咖啡店商店林立，热爱美食的悉尼人在这里能轻易找到实惠的世界口味。

这个区域里还有不少20世纪六七十年代建成的小型工厂库房，城市居民转型中商业生意也发生变化，这类厂房被弃用并转卖，有人买下后打造成自己的家居地。巴比的朋友就买了这样一幢小厂房，是那种从外观上看很不起眼的方正高空间建筑，内里却被她做建筑师的儿子设计成开放式宽大、空间舒适的居家地方。

这位朋友是很有生活品位的作家，她跟巴比是在中国认识的，那期间她又回中国旅游，有好长一段时间不在家，就请还是租房住的巴比去她家免费居住一段时间，条件是帮着照顾她种的各种花草植物，巴比就把我也带去蹭住几天。

一进屋，巴比把她自己抛到宽大如床的沙发上放松躺下，叹息房子这么大，弄个交响乐队来演出也装得下。她笑说朋友人很好但也很挑剔，规矩很多。比如，她临行前专门指着厨房里悬挂的那一大堆各种贵锅子，告诫巴比可以使用它们，但只能用木勺木铲在锅里翻炒，不得使用钢铁器具伤害刮破锅底。

可怜我的心全在痛失的苗绣箱子上，一点欣赏这幢美妙民居的感觉也没有。

那阵初到澳大利亚，几乎没有与人英语交流的能力，箱子丢了我更成了有苦难言的外国哑巴。

好在有巴比帮我，她包揽下所有联系寻找丢失箱子的事，打过好几次电话给灰狗巴士公司，追问到底哪里出了错，又给城中心的警察局报警挂失，再联系中央火车站失物招领处，询问有没有谁捡到或者拿错了箱子最后转送去他们哪里。

该做的事情巴比全代我做了，时间一天天过去，悉尼城纽塘大小街上阳光那么明媚，那么多好玩有意思的店铺，街上来往的男女好看有看头，住在这位我不认识的朋友家里，假如太平无事，我会舒服得不知多开心。可所有的一切都无法吸引我的注意力，我越来越担心那箱珍贵的苗绣藏品找不回来了。

第七天早晨恹恹爬起床，我越想越伤心，坐在木质楼梯上抱住膝盖，低头抽抽搭搭哭起来。突然响起刺耳的电话铃声，巴比飞跑过去捞起咖啡桌上的电话，不懂英语的我，听得出她问答声中的惊喜。

抬起头来，巴比果真是满脸生动眉飞色舞。她放下电话大叫一声：找到啦！

我们两人急忙穿鞋钻进她的那辆老白车里，点火启动，兴冲冲朝中央火车站失物招领处开去。

开车的巴比断断续续告诉我，电话是警察局打来的。

原来接到巴比帮我挂失的登记报告后，警察轮班一直在注意四处帮助查找，几天电话联系下来，结果还是在中央火车站失物招领处发现了我的箱子。

其实就在我丢失箱子的当晚，一位澳大利亚女士就把箱子

包括上图这几件珍贵藏品在内的皮箱，被“灰狗”巴士司机误放在夜路边上，被好心人检获，终于在七天之后幸运找回

送交到中央火车站失物招领处了，估计是当班的人把重箱子塞进失物招领处柜子最下面某个排格时，可能是塞的劲头大了点，不深弯腰就看不见。也可能是夜深了，接待登记的值班员太疲倦，登记记录似乎也出了点差错或者把登记本放到什么地方忘记了，以至于我们当晚去问，巴比和警察事后多次电话查询，皆不得要领。

帮我查到箱子下落的那位年轻帅哥警察身高超过一米八，他也在场，笑眯眯地看着我哆嗦着打开箱子，惊喜说东西全在时的激动傻样。眼泪婆娑的我，心里真想给这位警察帅哥一个大拥抱，可我实在没胆，才离开中国不久的我，没勇气像澳大利亚人那样以拥抱的方式表达我的谢意。

巴比有限的中文翻译给我的过程细节并不多，连蒙带猜的，我自己还原了整个七天悲喜交集的故事全貌。

那天我的苗藏品箱子其实是随车一路安全抵达悉尼城的，这辆灰狗长途客车中途停过两次，每次停稳车后，司机下车从客车行李舱取出客人行李，交给下车的乘客后再开车继续前行。

差错出在那个司机身上。

我是到中央火车站的灰狗巴士公司终点站，司机显然糊涂了，认为我要在中央火车站下车。这两站仅几分钟之隔，两个停车处都有中央火车站字样，正好又有好几位乘客在中央火车站下车。司机一大意，就为我的藏品箱丢失埋下了糟糕伏笔。

那几位乘客下车的中央火车站在大公园路边，马虎司机搬下有中央火车站标签的大小行李留在路边，转身回到驾驶室开车去

抵达澳洲与巴比重逢，随她去了不少地方很快乐地穷游，远去北澳野营，近在悉尼蓝山与一帮朋友丛林散步，非常的阳光快活

终点站，他本该确认下车的乘客拿走自己行李后再启动车的，他没有。这是他犯下的两个失职错误。

昏暗夜色中，我那珍贵的大箱子就可怜地立在中央火车站公园路边上，无人领去。

更不巧的是我的座位刚好在客车另一边，我不可能看见自己的箱子被错留在路边。

这个故事比较揪心的是，中央火车站公园尽管就在城中心，穿过公园的行人也不少，但夜行人通常匆匆走过并尽可能缩短在公园一带逗留的时间。后来我才知道，那面积不大的公园区域是悉尼城中出名的瘾君子、流浪汉、醉鬼们的出没之地。那地方虽然罕有杀人抢劫之类事件发生，但偌大箱子丢在那里没人要，白捡很正常啊。

也就是说在那样的夜晚，在那样特定的地方，我的箱子被瘾君子流浪汉发现，再顺手牵走的可能性十分高。

白捡到箱子的人即使认为老苗绣对他们来说是一堆奇怪的废物，但满满一箱子物品，总是找得到肯出几块钱买下的好奇之人的。识货不识货的人把箱子拿去拍卖行拍卖，或到周末市场上随便卖几个钱是不成问题的。

那个晚上那个箱子，差不多注定就是这样的结局了。

大幸的是，我那箱子却被一位匆匆路过的澳大利亚女性发现了。

想象她左看右看不见任何人来认领箱子的样子，女人好心在黑夜中等了好一阵，她决定把箱子交给中央火车站失物招领处。

搬那么大一个箱子肯定费力，我的老式皮箱没有现代行李箱那种滑轮。

这箱子没锁，她似乎也没打开拉链搭扣查看，总之她连姓名电话都没留下，把箱子交给失物招领处值班人员后就匆匆赶路去了。值班记录上能提供的信息很简单：一位女性交来的失物——仅此而已。让我至今感念，却无法当面向她道谢。

哭过笑过最后欢天喜地寻回藏品箱，悲喜剧里面还有小小一段滑稽细节，在当时我都没好意思说给巴比和那位警察听。那细节有点好笑，但假如箱子找不回来，我会因此埋怨自己一辈子的。

话说黄昏后，我的视线从看沿途风景转到车内，东张西望中突然发现坐在我前排的年轻澳男头型十分好看，那头没有鼓叮暴胀的强横棱角反骨，一头干净软和修剪整齐的金发平头，无法言说的美妙。舒服坐好，反正我是在后面就放肆但看无妨。

那段时间大概恰好是接近悉尼城中央火车站一带，没带笔画几笔速写也没相机的我，就悄悄看着前面男人那颗美头，直到那年轻男人在中央火车站下车。

到终点站时我还迷糊回味那头形线条，发现我的箱子失踪的瞬间清醒，差点往自己头上猛拍几巴掌，傻呀。美男头令我发呆也就几分钟十几分钟时间，老苗刺绣藏品箱子阴差阳错地失踪，重回到我身边竟用去了漫长的一周时间。

丢失苗绣藏品箱的经历早过去二十多年了，那份深深的感动却一直在心里珍藏，虽然我永远无法知道那位捡到我箱子，又把它完好送去失物招领处的女性什么样子，也仅模糊记得那位年轻高大警察阳光的笑容，很多细节都忘记了，连巴比在那七天里曾如何百般耐心帮助安慰我的细节也没记得起多少。

可这几位认识不认识的澳大利亚人，就这样给予了一个初到此地，又遇上天大麻烦的外国人以温暖自然真诚的帮助，帮助我平安寻回珍贵的黔东南苗绣收藏。从他们身上我感到这个大陆上人性的美好。

从那天起，我真的深深爱上了这个国家。

2016.1.10　悉尼

那年，老外随我去苗乡

澳大利亚人巴比高烧得稀里糊涂，在天寒地冻交通完全瘫痪的贵州深山小镇上。

带她们两个外国人来苗乡，是1989年2月的事。

协助我在澳大利亚大使馆文化参赞北京的家中展示我苗绣收藏的澳大利亚人巴比，早被我的贵州苗绣迷得神魂颠倒。一再听我神吹苗乡苗人如何如何好玩，听我说贵州深山苗人的风俗节日男女打扮、米酒斗鸡跳芦笙踩秧堂，说苗乡苗地如何五彩斑斓，澳大利亚人巴比和她的日本同学中林被我煽动得热血沸腾，纠缠说一定要去贵州看看。

说来说去果真定下日子去苗乡，她们买学生半价火车票由京城到贵阳与我会合。我从成都到贵阳，在火车站接等这俩外国妞。

见车厢里下来的两人，我笑弯了腰。

中林不知道从哪里弄了件长及脚背的旧棉军大衣，嘴角叼着廉价纸烟，小眼睛笑眯眯的细长，京式老头棉鞋一左一右探出肥鞋头移动，活像口会移动的棉黄钟。这个日本女孩喜欢旅游喜欢跟普通人混在一起的感觉，有本事在火车上混几天几夜，只要不开口说话露馅，很少有人会发现她是来自那个岛国上的人。

华裔血统的巴比套了件中式花棉袄，合身自在得完全是中国人模样，唯走动时多少让眼尖的人生出疑惑，她的腰身线条圆润结实，没有常见的国内城市女孩的扁平呆板。熟悉她知道她是外国人的人，细细察看，会立刻发现她身上有种自然散发出的坦然，是那种虽是华裔，但四代人定居在那阳光炙热大陆上特有的温和温暖。她深褐的眼仁清澈如镜，愉快眼神看着令人马上跟着松弛下来。

当然，这两个人荒腔走板的中文只需冒出几个音节，就原形毕露，那时她们的中文水平还不大好，仅够日常交流。

笑够了，就把她们领回了我当时的婆婆家。

好客的婆婆给两个外国佬准备了满满一大圆桌丰盛中式饭菜，满谷满坑热情的佳肴招待方式引来中林和巴比尖声一片，两人大吃前各自掏出小小的胶片相机猛拍一通。

然后买三张票从贵阳坐火车去黔东南自治州的镇远县。

我的如意算盘是到镇远后再转客车去台江县的施洞镇，那是我常去收集苗绣的地方，熟悉得很。曾听人说过，镇远好地方，去施洞的一路风景也美，这条线路我还没走过，就心动想走一次。按我去苗乡的经验判断，这条传说中的线路应该不难。

包下老客车的我，开始当售票员卖票。这几个苗人正愁天寒地冻回家不得，有机会当我的乘客比我还开心！（摄于1989年2月，贵州镇远县客车站）

几十年前的姊妹节是在河滩上举行的，美丽盛装苗姑娘从四方寨子走来，大家眼光光地看，有相机的人屈指可数。照片上拍照外国男身后戴白遮阳帽的是我（约摄于1986年施洞老屯乡）

下车进入镇远街头那刻，我蒙了，窄长石板街冷清得小猫两三只，鬼城一样见不到几个活人移动。见人就问客车站在哪里。摸到客车站门口，终于明白问路时人家眼神里的奇怪了。没想到苗人是不过汉人春节的，但镇远这个地方政府所在地的苗侗镇却要放春节假，镇政府机关单位的人统统放假回乡了，国营客车站自然也放假关门。

镇远县客车站不过是间小小民居一样的平房，售票屋大门大敞，不甘心地进去转一圈，售票口木板小窗紧闭，空屋子大门外冒出几个男女，也像我一样朝里探头探脑。

转出门好容易在附近找到个人细问，那人说要是舍得出钱包一辆车，还是有司机愿意开的。那人说话时一团团白气涌出嘴，朴实的面目愈发朦胧。那人边说边走，手指旁边屋里抽叶子烟的人，说他就是客车司机。

赶紧进屋跟那人说包车价钱，讨价还价半天，最后谈好的价格是我两个多月的工资，包下了他那辆大客车。125元包车费，巴比中林和我三人均摊。包车当然比买单独车票贵不知多少倍，但比我们三人陷在镇远进退不得好得多。镇远太小，卖饭的地方都没有，旅店也不开，吃住都成问题，去不成苗乡我们就只有回贵阳一条路可走了。

那几个远远近近跟在我身后的苗人，原来也是返乡回家无门，他们跟在我身后听我跟司机说合，见我包车成功马上表示要来当乘客。想想也是，包了车我就是半个车主，让几对苗族男女坐上空荡荡的客车，咧嘴憨笑的他们，看我像煞有介事照车站墙

苗山上

清水江边苗寨寨口过去多有这样的龙船棚

上贴的车程价格表按人头卖票。连我们三人在内，居然冒出十一个半乘客，半个人是妈妈背上的小婴儿，我不收他的票钱。

包了这辆老客车才发现真是快活运气，司机也是苗人，老家在施秉县马号乡，镇上客车站放假后他正打算开车返乡，我们想去的施洞镇正好跟他老家基本顺路。

说是县级公路还不如说是泥路，冬天路面还结冰，滑溜溜的开不了快车。车里面自然是没暖气的，大半空荡的车越坐越冷。

一路颠簸已很糟糕，两个老外哪里坐过这样的车。司机还算体恤人，半路上停过一次车让大家下去方便一下。那是个路边小店旁的草棚简易公共蹲厕，是那种地上深坑上随便横搭竖搭几块木板的排泄地方，简陋危险脏得吓人，我也只能小心落脚后尽量双眼看草棚顶，排泄了赶紧逃出门去。门外的巴比犹豫一下进去。

不到一分钟工夫听得巴比一声惨叫，我还没回过神来，巴比已满脸惊恐提着裤子冲出门来。抓住她连声问怎么回事，可怜的巴比结结巴巴说一只大老鼠从门外冲进厕所，竟然熟门熟路从她下蹲的两腿间直飚下粪坑去，惊得她魂飞魄散跳将起来。

看她比画，那只大鼠连头尾超过一尺长。

破车慢慢摇到施洞镇上，有家镇政府开的旅店居然还营业，开间房三人住下。

我的下一步计划是今夜好好休息，明后天再找当地用作出租车的拖拉机，付点钱把我们拉去老屯乡的岩脚寨，去我熟悉的苗人朋友张庭珍家。她会讲汉语，是寨子里的妇女主任，会找人唱苗歌给我们听，那些风闻她有外客来的当地苗女们，会自动背些新老苗绣给我们看，外地人外国人总是要买点稀罕物的，苗女们也希望能卖点钱帮补家用。在张姐家运气好时吃得到酸菜鱼，还可在她家落脚过夜，我来苗乡第一个找的人总是她。

预想得再好也没用，大概是一路受风寒，半路又被那只大老鼠惊吓，那天夜里巴比突然发起高烧来，烧得很厉害，人很快烧迷糊了。

我和中林熬到天亮，打听到镇上有个赤脚苗族护士会打针发药，镇上没有医院医生，就只有她懂点治病救人的事了。昨天那客车司机把我们送到施洞当晚就开车回他施秉老家去了。同样在放春节假的施洞镇，街上安静听不到一点机械发动的响动。施洞镇离台江县城有将近四十公里山路，没车就等于被困住了。

我和中林扶着架着巴比走去那间小诊所。

还没走到诊所门口我就晓得，这诊所里的护士顶多在乡里培训过几天，会打针能发止痛片消炎片，当年这样的“赤脚医生”遍布中国农村。

这间比苗人民居还简陋空洞的小屋，木板门开着，迎出来的苗妇让我们三人进门，帮我们把软塌沉重的巴比放倒在木架子床上。

竹片编夹成的墙用黄泥糊上抹平，石灰刷白，当地苗人家的墙都是这样建造。只是这间诊所的石灰白墙早已肮脏灰暗，看病拿药的苗人手肘肩掌背屁股碰撞摩擦过的泥墙，墙面早纷纷脱落开裂露出里面的竹篾，洞缝窜进的风新鲜生冷，刀片似杀伤力强烈。

黔东南苗乡的冬寒气灌进衣服，冷铁皮般裹住我的皮肤，不由自主地我开始发抖。不小心扫眼见那苗妇比我还紧张，施洞苗女传统手工四色花格子织巾下的面孔紫红，眼睛不肯看人，果真是地道苗农妇。

咬紧牙关不让自己牙齿打架，腔调变形的声音还是传进我的耳朵，听得我暗吓一大跳。苗农妇憋出一句："她是个外国人哈？"

我自己都怀疑带有点恶声，有一丝无奈的恐吓意味。

那个年头领着外国人去苗乡倒不算违法，但老外在乡下生病病得严重，快有生命危险时，我这个莽撞带领人是铁定脱不了爪爪的。

脑袋有点晕但晓得必须跟苗妇说清楚，我怕她随便打发乱处理，只要她能想办法安全让巴比退烧就好办。

苗妇正伸手拿听诊器，我的话在冷风里出口，她的手在胸前悬顿几秒。

还是不跟我眼神接触，她用瓮声瓮气的汉语说：

"我洗，手，洗。"

施洞一带是中国历史上称为"生苗"的贵州地方，数千年汉人的政治经济商业影响势力尽管已达，但仍有限度，到20世纪80年代末，一辈子没出过贵州深山的苗族男女大有人在，会说几句汉话的人苗腔苗调，语法不同，汉语说得断裂都正常。我晓得，她听懂我的意思了。

盯着她慢吞吞把肿大的冻疮手伸到水龙头下，很认真用肥皂洗几遍，手心手背紫褐皱纹深切交错，本色依旧。

再点燃酒精灯开始烧煮铝盒里的针管针头，一会儿就咕嘟响，水开了，铝盒盖冒水蒸气，我和苗妇都看得出神。她稍稍偏头朝着我一个字一个字慢慢说：

“看到哈，消了毒的。”

又把针药给我看标签，是退烧用的青霉素，打针有效。

苗妇给巴比皮肤消毒做皮试那阵儿，我紧张得把双手交叉夹藏在自己腋窝下，还是冷得浑身哆嗦，我知道我是怕，真的很害怕。

我糊涂地以为苗乡啥节气都有意思都好耍，还误以为苗人的春节也热闹，却不知苗人不过汉人的春节只过苗年，没料到寒冬腊月苗山野到处霜冻寒冷，苗族男女偎在家里烤火喝泡酒不肯出门也无娱乐活动，寨子镇上连狗影子都匿了的冷清。

越行越难地带领两个老外进苗山来，想再安全健康回到城市，此时比登天还难！

巴比高烧昏迷不知我苦，中林这“鬼子”中文很差几如哑巴，连安慰我的话都说不出，更帮不上忙，一切全靠我对付。等赤脚苗护士打完了针谢过她，我和中林再把巴比弄回旅店躺下，让中林守着她，我跑去小镇街上乱串碰碰运气，看看有谁能帮助，有无找到离开施洞带巴比去像样点的医院继续治疗的可能。

记得施洞镇镇政府门上大锁锁着，木板门之间有条缝，一架手摇电话挂在墙上，从门缝里看得见摸不着，这是镇上唯一的现

穿施洞苗衣的巴比，时间大约是离开中国后数年重返贵州，那时我已在澳洲定居

“鬼子”中林1990年寄给巴比的元旦卡，照片上她穿着那身棉军大衣在长城上留影

代化通信工具。石板路泥路两边的民居静静的，几个只会说苗语的老苗人眼巴巴看着我走过来走过去，我越走越沮丧。

几条小街转眼到头，突然发现有辆县政府牌照的吉普车停在拐角小巷路边的人家门口，不及多想就闯进人家去找司机。司机在也会说汉话。急急求救说我的外国朋友在镇上发高烧，要赶紧送去台江医院治疗。县政府司机懂得事情的严重性，满口答应带我们去台江县医院，他是回施洞来看家人的。再次感到运气好，虽然波折不断。

巴比半躺在吉普车后座，一路上黄尘滚滚随车前往台江县去。几小时颠簸后，好心的司机把我们直接拉去县医院，我甚至记不清我们付没付汽油费就慌张把巴比送进急诊室去。节日期间的县医院也冷清，没几个医生护士值班，检查量过体温，医院立刻安排巴比住院打针输液。三天后，巴比烧退完全清醒过来，软软的可以自己走动了。这趟看上去充满想象力的计划实际糟糕到底，我们的苗乡行就这么接近尾声，巴比和中林得赶回北京去，她们俩当时都在中央工艺美院进修中国陶瓷艺术。

离开台江的那天，我们三人去街上闲走一阵。台江县城的商店也关门闭户，大街上仅有几个苗女在寒风里坚持摆摊做点小生意。铁艺雕塑家中林买了块小小的浅浮雕银片；我看中的是一块有人物的木窗老雕刻板；陶瓷艺术家巴比买了好多用红土纸剪出的苗绣剪纸，苗人认为只有心手特别巧的苗女才能用剪刀剪出刺绣用的图案底形。

坐上去自治府州凯里的破客车，想想很荒诞。我们神迷计划那么久，从北京成都天遥地远地赶来贵阳，乘火车到镇远再包客车去到施洞镇，苗人苗寨苗文化啥都没看到，一场猝不及防的高烧就把我们烧晕了，费大工夫花那么多钱和时间，就为到贵州苗乡惊恐病一场。

我说巴比你看见苗寨没有？

巴比迟疑，说躺在吉普车后座时，抬起头睁开眼，旁边好像是桥景？

我和中林拍手大笑：那是龙舟棚啊！

车经过老屯寨时，寨头野地里有两条巨大的用整棵树雕出的独木龙舟，只有节日时它们才会下水遨游，平时就收藏在为它们遮风避雨的龙舟棚下，龙舟棚头高高翘起确实像风雨桥。巴比对苗乡的记忆就这么一眼眼了。

再问巴比记不记得给她打针的赤脚苗妇。

我知道高烧中的巴比不可能记住任何细节，就开始讲那诊所透风的墙，咕嘟燃烧的酒精灯，苗妇紧张的面孔和那双真正的农妇手。

听得巴比用手堵住耳朵大叫：呵，No！

就在带这两个外国佬去苗乡的同年底，历经万苦，终于来到澳大利亚做我的苗绣收藏展览。澳大利亚留学生巴比已先于我回到悉尼，当时她和她的朋友们离开得极为匆忙，旅行中她买的很多有意思的纪念物品就遗留在她热爱的北京。但苗乡行前后我送给她的好几幅精美苗绣，还有她在台江买的剪纸她一幅不落地带回澳大利亚，刺绣装框后挂在她家墙上。

几年后我们又成了邻居，彼此的房子相邻一条街，每次去她家，都要盯着那幅墙上蓝紫色的精美施洞刺绣，我说要是什么时候你不喜欢了，可以回卖给我吗？

她笑说怎么可能不喜欢？别做梦啦。

这些年来巴比回访过中国很多次，但很不容易找到合适时间我们一同回趟中国。她多次说起想再回贵州苗乡一趟，下次我要去一定提前告诉她时间，她真要去。

那趟苗乡行没拍几张照片，慌乱中都照顾意外生病的巴比了。可记忆越模糊越想记起多一点细节场景来，后来找到一张极简单的小地图，简略到只有几个大点城镇地名和几条主要公路略线，对恢复我的记忆毫无帮助。

那个时候出行真难，自己本身没钱，公路交通极不发达，更没有今天的种种高科技手段助力能相当容易地查找到线路走向、食宿地方和所走过的线路公里数，可以留下到过的村镇地名。那时候到苗乡，活像只地球上的小蚂蚁在穿行探险，能走多远能走到哪里，皆是未知数。

回想这往事写到这段文字时，干脆打开谷歌引擎搜索，那美丽地球上已经遥远到相当模糊的狼狈行程路线，渐渐清晰起来。

简略老地图上看不见的崎岖冻路山丘地貌，被谷歌地球天眼真实立体起来。

放大拉近细看，又从网上查到那条从镇远到施洞的老公路，我们包的客车是开上了编号为X 828号的县级公路。县级公路简易，经过了银孔岩、银孔桥、平朗、芽溪、斑鸠哨、鼓楼溪村、梁山寨、茶园村、古楼坪村、江元哨村、金钟村和马号乡，最后到达施洞镇。大冬天里，不知天高地厚的我们就这么去过，又匆匆离开了。

输入这些陌生村寨乡场地名到我的电脑去，多美的地名。

时间过得真快，一晃，竟是二十六年前的事了。

老纸币上老苗绣

这几年来悉尼雨多得反常，而且一下就是好几天不停。

我家门前小院里那棵巨大的澳大利亚沼泽桉的大枝，竟在连续的大雨后轰然断裂，幸运的是，从主要电线上分流到隔壁邻居家的六根分线竟兜住这巨大断枝，横担悬于我们两家花园上空，没有砸下来伤到人和我们两家的房子。

说是断枝实际上粗如树干，断裂枝干直径超过五十厘米，整枝长超过十米。参差的大枝小枝树叶茂密，这断枝远比一棵十年的树还高还重。

这是棵被称为澳大利亚沼泽桉的桉树种类，是澳大利亚几百种桉树里看上去普通无害的一种。它的奇特之处是树皮厚松浮躁，每逢长时间大雨水浸，这种树皮就海绵般吸收大量水分，整个树干湿答答的颜色厚重起来。此类树主干虽硬但脆，它的分枝又总爱横着长，树枝巨大沉重再加上雨水添加分量，但更奇怪的是不管风多狂雨多大，这树摇来晃去都没事，反倒是风和日丽，长大的树枝却会毫无预警地突然断落下来。做这棵树的主人十几年来，已经目睹它率性断臂五次了。

遗憾的是现在由澳大利亚绿党执政，即便是这类完全不适合生长在城市人家院子里的沼泽桉，绿党政府的城市管理部门也不会轻易同意居民砍伐。

这棵劣迹斑斑的沼泽桉多次犯案，除了万幸没伤到邻居及路人外，整条街没人对它有好感。现在这棵树的枝干断裂得这么难看，失去平衡明显不安全。但在没有得到地方政府正式允许我们除掉这棵大树之前，作为树主人的我们唯一能做的事，就是清理打扫街上残局。

而且因为这棵树是在我们院子里生长，树枝断裂后被移到马路边上，也不能请求地方政府的绿化工程车来处理运走，那是我们私家的责任。

那天决定，自己动手不请专业工人来砍伐处理断枝。

两个天天跟电脑打交道的人体力劳动一下，正好锻炼身体减减肥，再说家里有现成的电锯，劳动强度不会非常大。我们的房子里有两个壁炉，把这沼泽桉的粗大枝干锯成合适长度，留在前院小露台墙边慢慢风干，明年冬天烧壁炉正好。

剩下的蓬松枝叶截成一米左右长度，打捆整齐堆放在路边上，市政府每两周一次的绿色植物收集车会把它们免费运走。我们动手大干收拾的第二天，正好是绿色植物收集日，头天锯出两大垛柴火自留外，最后留在路边的小树枝捆，目测最少有六个立

澳大利亚上百种各种桉树姿态好看，立在哪里都是一景，但不幸要是自家小院里有几棵高大桉树，那就会有不尽的麻烦了

方米之多。

劳动整整一天满身大汗，清理干净很有成就感，门前街面上干净了，邻居停车也方便许多。伊恩去地下室说拿瓶葡萄酒慰劳一下我们自己，谁知人去好久不见他回屋里来。好奇去看，见这人正在地下室里发呆：

大雨不仅让院子里的大树断枝，还把我们的地下室也淹了。

我家房子有百多年历史，建筑结构坚固，筑在澳大利亚砂岩上。不过砂岩上的裂缝会引流雨水，建筑这幢房子时所修的地下室地面上，因此便有一个约一米深的方形积水凹。水洼壁上有几根看上去很老的小水道管集结不知从何而来的流水汇进水凹，当水积到一定高度，小水泵会自动运作抽排，把水提泻到凹槽外的下水道去。下水道里的流水流出家门口街沿，流入城市地下水渠。

暴雨的水在建筑地基石缝里渗流，再由这样的水泵抽排出去，运作得有序，我们几乎就没意识到它的存在。

前一任屋主在改造这幢建筑时完美保留外观及结构，从上到下将内部按德国人的严谨方式全部整修过，所用材料很是经得住时间考验。地下室积水凹里的水泵是意大利产品，它悄然自动工作二十多年从未出过问题，由于这几年来气候变迁，大雨越来越多，超负荷运转的小水泵终于死机，地下室第一次被淹。又好在我们没有出国去，及时发现。积水不过一寸高度，但放在地上的自行车、那张新西兰蕊木木桌和些零碎杂物统统湿了。

环视地下室一圈我心放下，湿了的杂物、桌子、自行车等受潮不严重，很快就可以自干的。再新买一个水泵换掉坏的，起码可以再安全用十年。

直到视线突然落到我那半人高的专门装画纸的黑塑料夹包上，意识到它一直也斜靠在地下室墙边时才慌了神。那夹子里装了我多年前画的几张速写素描和厚厚一叠素描水彩画纸，那是特意留下的一叠人生愿望，说不定哪天又想要再提笔涂抹乱画呢。

而纸张不能受潮。

提起比记忆沉重得多的大夹包放到地下室腰墙平台上，打开拉链先拉出画纸，一部分纸底端微湿稍皱，湿害不重，取出平放几天它们会自然阴干的。又发现夹包还有几大本去岁的但印刷精美的中国青铜器、剪纸年历等好厚一叠杂纸。全拿出来清空的黑夹包底部水迹霉斑薄云片散布，仔细擦干净敞放到室外阳台上，干燥后还能再用。

把那堆杂纸抱回屋摊开，有小儿子十年前稚气描绘我们全家的画，那是他学校要求的作业，就画在一张光滑干净的年历大纸背面。再翻出十来张新西兰小学老师发给他的鼓励状，赞赏他今天阅读了，明天写字了，后天参与了班级活动等等。纸头可爱，全用彩色A4纸张复印好，每天老师填上受表扬小孩的名字发给大家。被儿子高兴带回家的这堆小奖状一点没受潮，就装进信封放进儿子的抽屉收好。也许有一天，他有自己的家庭和孩子的时候，可以给他的小孩子看看。

只可惜那本青铜器年历潮得厉害，好几页已经粘连撕扯不开，图像残缺了。犹豫再三还是没舍得扔掉它们，这样印刷精美还巨大的青铜器图片少见，当初留下这本年历，就是感叹某些青铜器纹样与我收藏的老苗绣古典图案有神似暗合，留下它是打算要将这两种完全不相干之物上的纹样好好对比分析的，谁知往夹包里一放竟忘记了。

更吃惊的是，在这堆纸里我居然找到了两幅遍寻多年无果的苗绣！两幅不大的苗绣幸运地通体干爽，没有遭到污水浸泡。

狂喜之余检讨，错在自己。我们从新西兰首都惠灵顿搬回澳大利亚悉尼后，这个大夹包顺手放在地下室就再没动过。我总是在乱忙，事情太多顾不过来。但这两幅苗绣我总记着到处翻找，死活找不到，却根本没想到应该打开夹包看看。

没想到这两幅苗绣居然藏在纸夹包里，想来大概还是在惠灵顿时，什么时候拿出这两幅刺绣自己欣赏或给谁看，一定是顺手就留在我们的大桌上忘记收拾了。我的桌上总是报纸杂志之类随意堆放，包括儿子带回家的小奖状、用过舍不得扔的年历和剪报纸片，慢慢积堆成积砂岩层了。

那时的我们在美丽城市惠灵顿已居住两年多，工作变动的伊恩得到了新职位，公司在海那头的澳大利亚最大城市悉尼。定下搬家日期，集装箱搬运公司将来搬走全部家当之前，肯定还是我自己把桌上那堆看上去有用的纸张匆匆塞进夹包的。

两个月后，经过澳大利亚海关安全检查再发还给我们的海运之物送到家门口，满屋子都是各种纸箱，慢慢逐一开箱物归各位，花好长时间才真安顿下来，夹包之类不常用之物，自然放到干燥的地下室去了。

要不是那场大雨弄断院子里的大树枝干，要不是劳动之后要去地下室拿葡萄酒，就不会那么巧那么及时地发现小水泵死机造成的积水，地下室要是变成游泳池了，别的东西被淹没啥，那两幅珍贵苗绣也被污水浸泡像那本青铜器年历一样潮湿撕扯不开，丝线肯定会褪色甚至朽烂，不知我会多伤心。

要知道，这两幅很不起眼的刺绣其实是我苗绣收藏中的重要藏品之一，万里迢迢把大箱苗绣藏品带来澳大利亚后，这两幅刺绣珍藏着很少拿出示人的。

我是属于被称作“四十千”的1990年前后突然空降澳大利亚的中国群体之一，有好几年时间，我们不知前途将来地集体茫然。当时情况下没有澳大利亚公民身份无合法打工签证，这四十千华裔只好各自想尽办法找工作打黑工挣钱养活自己，等待有合法居留身份的那一天。

在这个特定时间到达的华裔群体中，我属于异类之人。四十千华人来澳大利亚基本上是以留学语言来的学生签证，我却是来悉尼办私人苗绣收藏展的。到澳大利亚两年期间大大小小办过十二次展览，每次展览能卖掉几幅苗绣，扣除展览费用画廊佣金后，能寄些钱回中国给儿子生活费，剩下一点钱就足以让我在澳大利亚清贫但自由地活下去。

展览上，这些美得不可思议的苗绣被澳大利亚人广泛热爱，但卖掉的苗绣数量有限。最珍贵的苗绣不仅没舍得卖掉，甚至难得拿出来展览，直觉某些老苗绣图案艺术背后，有着值得深深研究的价值，精彩老苗绣常常是独一无二的，卖掉了就再也找不回来。

那两年是收藏展集中的时期，个人生活也发生变化，再后移居到新西兰，小儿子出生了，这批精美收藏被挤到我生活的次要位置上，它们成为行李之一，随我们在澳新两国间移动。收藏展停顿进入冬眠期，一眠就是长长的二十年。

到底热爱无法遗忘，除展览那两年中曾写了两篇关于苗绣的研究文章，发表在香港《明报月刊》和台湾《美术家》杂志上外。2006年时，我的一组散文《梦回黔山》获得《世界日报》第一届新世纪华文文学奖首奖。这些文字当然非苗绣学术研究，我写我的感情心绪，写那片令我难以忘怀的山水和人。

一直未认真下决心进入苗绣学术研究领域，虽然本能地在朝这个方向思考。

与我有三十多年情缘的苗绣，离大洋那头的苗地越远，在我身边冬眠时间越久，反而令我愈加频繁地想起它们来，某种不可名状的强烈自责出现。

去年初把苗绣藏箱搬下楼来，在通透的澳大利亚阳光下，苗绣苗衣如初见，还是那么惊艳，片片苗绣斑斓沉郁之美让我说不出赞美的话来。

这批苗绣收藏作为随身行李随我们几度迁移，全部藏品竟奇迹般保存完好，苗布苗丝线没朽没潮，甚至连霉斑也没长出，以书和丝线为食物的银鱼之类生物不知为什么放过了它们。澳大利亚酷热干燥的气温似乎对这些苗绣毫无影响，它们可以说是存活在一个近乎完美的湿度温度空间里。

激动后开始检讨自己的少作为，开始动手给藏品编目建档案，先分类编号再拍照片，写下简单标题说明连照片一起输入电脑。

尽管现在的我使用电脑打字快捷，数码相机大量拍照不成问题，但每幅刺绣一一拍下来非常辛苦。家里又无专业用拍摄平台，展平每幅刺绣的动作机械，几天连续上百幅绣片拍下来腰痛脖子酸。时间一长了频频出错，不是焦距没对准就是角度不理想。几百幅苗绣纯手工做成，刺绣尺寸大小不一，丝绣物十分脆弱，要特别小心不能伤害它们的品质色彩，经年折叠了的边角也不敢用熨斗烫平。

更头痛的是分类编号。即使是自以为熟悉的藏品，没想清楚分类理由原则，就很容易自造羁绊。叹了不知多少口气，重新来过，不好意思到今天也还未彻底完成编目大业。

但藏品花一般展开，迅速唤醒我沉睡的记忆，意识到有几幅珍贵刺绣不见了，自问怎么可能丢失它们?

当年在贵州深山里乱转次数太多，是从哪个村寨，又是从谁的手上买下那几幅奇异苗绣的，现在已经想不起来了，但清楚知道它们没流出我的收藏，应该还是潜藏在手边什么地方了。曾经翻遍所有可能藏匿它们的角落，甚至找回好几幅随手乱放的精彩老苗绣，这两幅让我牵肠挂肚的苗绣始终不见踪影。

大雨地下室被淹，导致两幅苗绣意外发现找回，把我高兴坏了，兴奋得马上用手机把两幅苗绣拍下贴到微信朋友圈去，眼明的朋友很快回问：

刺绣衬底是不是真钱？那纸币是不是美元？

问得好：这两幅苗绣的衬底真是纸钞，那钞票确实也长得很像美元。

但与“美元”有仇的贵州苗女我从未见过，富裕得敢把美元纸币当成刺绣衬底用的苗绣也未曾见过。今天的贵州苗人生活也不算十分宽裕，谁舍得将美元或任何有价值的纸币当成刺绣衬底？

两幅小刺绣各有41×6.5厘米尺寸，手工特质明显，边线不直。它们对我来说之所以珍贵难得，就在于纸币衬底。

天然深谙色彩之道的黔东南苗女，总爱将自己的刺绣衬于美丽的丝绸缎面上——如果家庭经济条件允许买得起一点绸缎的话。但这两幅刺绣所用的蓝缎只称得上碎布条，过于窄短以至于两小段拼接起来依然不够所需长度，无名苗女只好再接上两小块颜色质地截然不同的土蓝布。

当年买下这两小幅刺绣时立刻发现背面的蹊跷，在如此拮据的蓝缎蓝土布后面，是由三张纸币拼接起连成的衬底。蓝缎蓝土布条用薄糨糊与衬底纸币粘牢，再用粗针大线将布料与纸币缝固的，我毫不犹豫掏钱买下。

刺绣图案为不对称连枝花，丝线刺绣已大致绣完，仅剩花枝连接部分剪纸还裸露着。从刺绣风格针线技巧看，当属黔东南雷山县一带苗女的作品。

我猜测，这两条刺绣绣工一般，或许是小姑娘的练手之作。再细看，又自我推翻联想，貌似粗枝大叶的两幅苗绣其实做工心

被大雨“冲”出来的两幅小刺绣，失而复得，也是中国近代史一点形象的特别注解

思细密。比如，三张拼接的纸币很小心的全是纸币背面，要不是其中一幅刺绣正面稍短，纸币尽头稍长，不小心露出中文“壹圆”两字，不识字的苗人谁看得懂花哨的背面英文字样是啥意思？

六张拼接纸币的刺绣就这样被我收藏起来。

找回这两幅刺绣后，第一次从容仔细把它们琢磨了个够。

看清壹元字样，也看清了中文字样上端的钱币序列号：T564233。再翻转衬底纸币细读纸币背面，绣线穿透过的背面英文“THE CENTRAL BANK OF CHINA”还完整，但中间的“945”这几个数字就不全了。

很想知道纸币正面会是什么样，已经基本刺绣完毕的绣片，没留下让我见识纸币正面全貌的空隙。

转念想，何不上谷歌搜索？输入“1945”和“THE CENTRAL BANK OF CHINA”，网上立刻显示无数文字与图像，点开图片一看，原来这是张1945年中国国民党政府发行的一元纸币，在当时不值几文钱，几如废纸。兵荒马乱年代，那时的纸币曾贬值到难以想象的程度。不过这不值钱的纸币流入贵州深山苗人手上，被珍惜的程度又是现代人难以想象的。

改朝换代后，年年不断的政治运动横扫中国城乡所有角落，当初收藏这些小钞纸币的人总还存幻想，也许有再度使用这纸币的可能，不过此念头在中国大地当很快被彻底灭绝。纸币上有前朝蒋总统肖像，政治运动中被人发现就是罪，持有者被劳改下狱甚至掉脑袋都有可能。为不累及自己和家人，有此物者最安全简单的做法便是一把火烧掉，或撕碎它们扬尘江河，不留片纸最好。

无奈黔地苗人历来穷苦，就连这种毫无金钱价值的前朝纸币也不会随便丢弃。再说前朝纸币的纸质特性终归有用，物尽其用下便有了这两幅苗刺绣出现。

用蓝缎蓝土布条糊在纸币正面，把蒋先生肖像覆盖住，留下纸币背后一堆谁都不懂的外国蚂蚁字。按习惯，当全部刺绣绣片完成后，组合好的完整绣片将缝制在苗女盛装上，这两幅绣片上残存的奇怪衬底，将会被花线花边仔细遮蔽，成为苗女盛装衣袖刺绣图案的组成部分，原始绣片衬底的前朝纸币，纸币上的蒋先生头像不再会被人看见。

1949年后的中国农村小学相当普及，深山贵州苗区也不例外。尽管小苗女们读完村小的也少，但上过几天学认得几个汉字，也听得到广播宣传的苗族男女们，总是晓得前朝总统蒋先生肖像不该见天光的事实。改朝换代后的苗人生活没怎么变，而且苗山高离皇帝很远很远。

我猜想这两幅苗绣衬底的前世今生就是如此，但不知是什么原因，两幅刺绣没能最后完成。与前朝纸币粘连的苗绣，一同老了脏了残破不知多少年，辗转落我手又随我跨越万水千山来澳大利亚。

得而复失，失之再得的奇遇我必须说有缘，有深到不该随便了断的情缘。

在我收藏的黔东南施洞苗绣中，这两幅小刺绣从图案到技巧，皆不能与造型图案精美大气、绣工上乘的施洞苗绣相比。

它们好比是眉眼平常，连小家碧玉都算不上的寻常刺绣作品罢。

但从苗族社会苗人眼光去看中国近代史，它们却有了姿色超绝的身姿，有登得了博物馆大雅之堂的意义底气。

此时细细审视这两幅苗绣，刺绣苗女无名模样模糊不清，但从她们留下的刺绣可窥视出时间之河的浩大气势。这种色彩斑斓的语言，呈现出艰苦卓绝环境中，苗人生命山花般的坚韧美丽，苗山苗人历史并非荒芜反而到处绿意。

气候变迁中越来越频繁出现的悉尼暴雨，压断了我们的树，累死了我们家的小水泵，也冲带出我遗失多年的前朝纸币上的苗绣，是奇遇，更是天意。

梦回黔山

只要想想“三个鸡”“狗街”“牛场”的蛮野地名，我立刻便神回崇山峻岭的贵州去。那是个汉人称为“少数民族”的地方，城乡遍是五颜六色千姿百样的民族装饰人种，满耳苗语侗语彝语布依话，八个声调的异语如歌。

多年前常去黔地野游，熟知苗山总是见不到人踪的情景，虽然苗人总是在什么地方忙碌找食。寨里有老人女人在忙，忙着刺绣、染布、裁衣、煮食、晒谷，喂猪带娃娃。翻山越岭到苗寨去看精美得不可思议的老刺绣和老银饰，跟苗人讨价还价买几件小玩意儿带回家。我穷却比苗人富，于是一去就住七八天，跟着过苗家的姊妹节芦笙节四月八节和苗年，吃苗家的小鲫鱼煮酸汤，吃辣椒拌糯米饭。那时住苗家又爱又怕，爱苗家的异族风情，怕黔地欺生的跳蚤，住一夜总被咬得身如花斑豹，瘙痒难熬之极。

行程艰苦，从四川出发要坐十来个小时的列车到黔东南州府下，再乘四五个小时的客车，然后是长长短短的步行方可到达苗寨。移民到大洋万里外的国家多年了，无数次梦回黔地，记忆中的银饰刺绣和苗家，悲喜交织，色彩浓重绚丽且如诗如画。

黔道

破客车摇晃出客车站时，没挤上车的人拍打车厢车屁股，半是求半在怒，像对头不通人话的牛。黔地的客车真是头任劳任怨的老残牛，司机却是头犟蛮牛，两头性起的牛决定了要走，就喘息叹气打嗝放屁头也不回自顾而去了。

超载的车撑了满肚子货与人，在盘山路上艰难爬行。司机张嘴大声开骂这破车，像骂自家的儿也像骂懒牛，车便吭哧吭哧使出吃奶的力鼓劲爬坡。上了坡接着是下坡，司机脚刹手刹加嘴咒地刹去，黄尘沙暴般追扑进车厢，车内男女扯开头帕包住鼻子嘴憋住气，两眼时睁时闭如漠上骆驼。

直到人贴人人压货的挤压在颠簸中逐渐出现松动空间，人才活泛，苗话汉语的大声开始聊起天来。

“坡脚前天拖了一串人来枪毙，狗日的脚都吓软了，站都站不稳。赶场天来看的人好多哟。”人没说清吓软脚的是被枪毙的人还是看客自己，顺其所指，只恍觉坡脚乱石颜色比别处浓烈了点吧。

过坡脚就弯弯上山，与几间道班平房擦身而过之际，司机呼地扔出一捆报纸信件到屋前田坎上，扫眼见有小孩和狗跳出屋来

道班房子。二十多年过去，道班房子奇迹般还存在。只因这条当年的重要交通公路已被废弃的缘故，一些老建筑因此存留下来（摄于2016年3月）

当年客车开过这路边的苗寨斜坡也在，苗族男女在这小斜坡道上彼此劝酒的热闹场面记忆犹新（摄于2016年3月）

争抢。再行一段路司机突然停车在路边人群前，跳下车挤进人堆里，人再出现时手上多了只活鸭，扑腾着翅膀被扔到驾驶座旁。

“嫁幺姑娘喝回门酒，喝第三天了。”

车上乘客对路边这群醉酒人知根知底，众人鼻子脸贴在车窗上居高临下羡慕地看。听人用苗话咿哇交谈，公路边半坡松枝扎成的寨门边挤满了晕乎乎的酒客，彼此勾肩搭背忙着敬酒，喝一杯就在对方脸上盖一个木刻青印，酒话酒歌酒脸纠缠不清。

车上人回味刚才见到的酒境，车前移几分钟后，人不再说幺姑娘回门喝酒，改说前天县客车出的祸，就在前头不远坡脚边。

“刚下坡，狗日司机就发觉刹车莫得啰！前头三转下坡，一个比一个大，车咋停得下来？可怜车上的人只晓得惊叫，身子倒粘在椅子上扯不脱，只有两个人不晓得咋搞得跳出车去了。”

扯起喉咙大声说话的男人坐在自己的背兜上，绘声绘色。司机也把头侧过来听。

“幸好司机还没发蒙，还晓得抓紧方向盘不松手，使劲把车往土崖边擦刮开，牛耕田那样把崖上的老土都翻开了。结果车撞到大湾的高田坎上，车屁股弹起落下来差点翻车，人才震醒过来。等人回去找两个先头跳车的人，妈耶！背时鬼都死球了。人说那个男的是州里派下来搞啥子调查的，那女人是外地个采购。走到我们山里头来死，他们屋里的人不晓得咋个哭哟？”

车上的人高低齐叹气，突然有声音问：

“你咋晓得的呢？”

汉子脸一红老实说那天自己也在车上，吓昏了还没受伤，车停了，自己下来绊了一跤撞了个青包在脑壳上。

乘客听得哈哈大笑，司机笑得最响还呼啸一声：

“你们还敢不敢跳车啊？”

司机恶作剧地把方向盘一转，老破车沉重地滑向路边田坎又回到大路上，乘客麻秆儿似的偏倒，开心得像小孩。

清水江月

老屯河有一桥一渡，桥走人，渡载过往的车辆。方头平底渡船载得动两部大货车，捎带几个偷懒不想走桥的人，使抓钩拽住横在河面的钢缆，船夫一把把将重船和人都拉去对岸。这一带来往车不多，船夫常在河边抽烟睡觉聊天。渡口边有几棵大黄桷树，树下的酸辣粉摊钩住过往人的脚，人坐下歇口气，看他人在河里洗菜洗衣饮牛，看人拽船也看人走独木桥。

老屯河上立了七张马凳为桥墩，碗口粗的树干砍去枝丫，两根并排前后交错用树藤绑在马凳上为桥面，河水面连干河滩有二十来米长，独木桥简直是火柴棍搭出的玩具，晃悠无牢靠感。

壮苗男过桥挑百把斤柴草不费事，换两次肩就过了。胆小些的苗女学螃蟹横着挪脚，慢点也过得去。妙的是外乡人，就算大胆上了桥，明知不该看脚下汹涌的流水，偏看了，这桥就跟水流一同移动起来。天旋地转间要没有好心人前后拉扯扶持，伸出扁担和手给他作依靠，就是哭也过不了河。

苗人从未想过该把桥加宽，只等到桥木朽了再换一根树干，

施洞巴拉河边的姊妹节踩鼓场上，盛装小苗女的环形踩鼓圈里，每个人的母亲都在专注着自己女儿的一切，拉拉有点变形的盛装，伸手整理一下稍歪了的银饰花冠，跟着女儿从头到尾一道踩鼓转圈（约摄于1984年）

苗人世代都是这样做的。

那日老屯过节，河渡比平时热闹几十倍，苗族男女来会情人走亲戚。苗人从四面八方涌来，人山人海地在夏季的卵石河滩上踩鼓吹芦笙，不知疲倦地跳唱吹奏到夕阳把苗女头上的银角银花染成金色。最后一声鼓音落，里三层外三层的苗人鸟兽散，一门心思地赶去寨里亲戚家吃糯米饭喝泡酒，晚上再出来对情歌。

霎时间，老屯河的渡船上密密麻麻都是过河人，独木桥两头的人也排起了长队。过独木桥的诀窍是须走得快还须礼让，桥一头有人上行，另一头的人就得等待，一来一往方行得通。那日的人流似乎急躁了，两队人流同时上桥，羊群效应串成的人龙几分钟就堵在桥中央动弹不得了。单线条的桥面陡然增高，参差不齐的人傻呆呆地搂肩抱腰等对方心软退回去。耐心很快被河水冲走，面对面的人都无让意，后面的人等得心焦开骂：

“咋这么蠢？抱腰就错过去了嘛！”

中间对峙的人依言扯拉住对方的手臂衣角真想错身而过，无奈桥终究只有巴掌宽，苗人却无杂耍轻身技能，三抓两扯，倒扑扑通通抓扯一大串人下河去，桥中央高高低低的人桩顿时空出缺口来。

岸边早等着看笑话的人拍屁股大笑大叫：

“水不脏，都吃得的！当洗个澡嘛！”

浅河中人摸上岸来朝桥上人撒泼吼两句，桥上人少的一端才羞愧地转身退回河岸。这不，行无碍，几个来回桥上不就空了吗？

绣衣盛装和全套银饰多是母亲们背来挑来到河边鼓场上，到后再给参加踩鼓的女儿一一穿戴上。母亲打扮女儿的神情认真紧张，把自己的女儿装扮漂亮是她们的重要职责（摄于1984年）

二十多年前的姊妹节踩鼓场上，富裕的苗人家不多，穿戴得出全套银饰的姑娘非常引人注目，多数年轻姑娘前来观望（摄于1984年）

姊妹节上的施洞苗小姑娘，全身披挂银饰（摄于1984年，施洞巴拉河边的姊妹节踩鼓场）

老屯河在黔东南大河清水江上游，是支流。早年间水清如碧，捞得起成精的大鱼。现在大鱼不见了，河面上却有牛马大小的绛紫色厚泡沫漂来，一竹竿打去，扑哧散成小团顺流而去。苗人在这河里挑水烧锅做饭，饮牛喂猪，在河里淘菜洗衣洗澡，晓得河水脏但有啥法。寨子里那么多人得了大脖子病，还不是上游区造纸厂排下的脏东西造的孽。

喧闹一天的渡口终于沉静下来，来游方的姑娘小伙子夏日草虫般在什么地方蛐蛐对歌。老屯河的独木桥被流水寸寸肢解拉长，又在碎银的月色中一跳一跳地悄然复原，细腻生动得像幅有生命的黑白版画。

南歌子

老姜的吊脚楼正好立在公路边，堂屋半敞的木栏椅上随意坐个客，全寨人都晓得了。所有的苗家吊脚楼都只有堂屋还亮敞，房间却漆黑一团，苗家是不兴给房间造窗户的。但老姜家的吊脚楼比别人家大，家里还有洗衣机电视机和沙发，有根瘦长桉树杆支架出天线，张牙舞爪的活像巫师挂的东西。

虽说老姜家的洗衣机坏了现在用来装新米，十四英寸黑白电视看不到图像的时候多，寨里人还是说老姜家富，天天来老姜家坐沙发听电视，老姜也不烦。今天天还没黑尽，七八个鼻涕长流的苗娃就摸进老姜家坐满沙发，等老姜开电视听声音了。

清水江水电站发的电鬼火一样，电视屏忽明忽暗。苗娃娃手

在巴拉河边见过的施洞苗老歌师（约摄于1983年）

寨子里来客了，嫁女娶媳妇了，众苗女高高站着看热闹，她们不知我也看她们还拍下她们当年的身影（约摄于1985年施洞附近的寨子里）

指电视开心大叫：

“暗了，暗暗暗暗暗……啊喂，又亮起来啰！”

老姜调来调去调得气上头：

“肯定是电站那几个砍脑壳的整冤枉！狗日天线咋就只收得到一个频道吗？人影子都看不清，就晓得咿里哇啦地说、唱，唱你妈个鬼哟？”

老姜发脾气还因为家里多了几个客，老姜婆娘拉回来的客。老姜婆娘上过高中汉话说得好，领外客到寨子里转，帮做生意的苗人汉人当翻译挣点盐巴钱，有的外客还在老姜家吃饭过夜。

嫌屋里闷的外客不想看电视，说要听老姜婆娘唱苗歌。老姜婆娘伤风了唱不成，许愿去找别的苗女唱来听。

好半天老姜婆娘一个人回来，说东家在烧锅西家在喂奶，晚上家家女人都忙，喊不来人。

“下次嘛，先写信来，保证约几个人坐到屋头等你们，唱一晚上给你们听。”

外客不依，说老姜是支书等于寨老，寨老婆娘吆喝一声，哪个女人家敢不来？外头月亮好，睡哪样觉烧哪样锅哟？老姜婆娘搅缠不过，只好再出门去喊人，跨出门回头说：

“哪，你们要出钱买酒，请唱歌的人喝哟？”

月光下，老姜婆娘把外客带到大枫树下，外客在苗人求子修的还愿凳上随意坐下。一帮丢开丈夫娃娃的中年苗女，彼此嘻哈推托一阵，突然一人起头，你一句她一声地唱开来。歌随清风徐来和声天然美妙，音色极有渗透力，竟划破夜空，柔和而层次丰富。歌声又陡然收住，余音袅袅有晚钟的意境。外客听呆了，赶紧问老姜婆娘她们唱了些啥。

翻译过来的苗歌唱的是：

那江水再不舀就往前流了，
这匹菜叶再不打就焉了，
趁我们嗓子还好多唱些歌，
不然我们就老了。

苗女越唱越活泼，唱一句哈哈笑半天。老姜婆娘说，这些媳妇胆子大呃，她们说你们长得好看，邀约你们去河边跟她们唱一夜！

清凉月光下的媳妇女人，衣衫汗迹斑斑。外客发现唱得最好最活泼的女人，是白日路上与人跳脚吵架的那位，这女人嗓音沙磁唱得兴起，光润生动的脸上竟妩媚而非泼悍。

地主

家在县城的张哥想把家藏的老银饰卖了，要我去看看，才进他家门，张哥婆娘就赶紧给大门顶上杠。

全套银饰密缝在红布上，像是刚用硼砂水洗过，白粉得像小女孩的嫩脸。方圆银片打的手工精制，图案诡异。比如龙，可以是牛头鱼身，或者像蜈蚣。看我掂掂银圈分量，张哥婆娘说：

“都一百多岁了，老得恼火得很！”

苗话里的“恼火”意思是好、是骄傲，汉语出自苗人嘴，词义便微妙起来。

问她咋舍得卖这么好的银饰，张哥婆娘叹气，说四个姑娘家分只鸡，哪个得脑壳，哪个得脚爪？分不均就卖了分钱算了！

她不晓得我身上的钱连这银饰的十分之一都买不起，喜欢归喜欢，实际上我只能过眼瘾，只能羡慕她有这么多银饰，我说你命好啊！

张哥婆娘鬼鬼祟祟悄声回答：

“以前更多，我娘家是大地主。”

心一紧，这婆娘粗手大脚面目沧桑不见一点细皮嫩肉，与乡下整日劳作的苗女一般苦相。想问她家有多少田才算大地主，话到嘴边又忍回去了。

隔日往苗山上步行，路还好走但无树，一会儿就汗流浃背。

十来里山路走过，有苗女背娃娃疾走在前，紧赶慢赶却都赶不过她。干脆放开嗓子喊问：前面的寨子还有多远？苗女收住脚步露一脸和气，晓得我是冲老绣衣下乡寨闲耍，就主动邀我去她家的寨子歇口气，顺便看她家的老绣衣。

苗女从箱底翻出件沉绿厚重的绉绣老绣衣，两袖上的图案是卷腾的有翅蚕龙，间衬着无数小铜片，整体造型有商代青铜浮雕的雄浑气势。我心大动想出钱买下，苗女却说不卖祖宗，再说想奶奶的时候拿什么做念想？

地主家老房子，封火墙青砖翘檐头，1949年后分给穷人。“文革”中的标语痕迹犹存（摄于约1983年，施洞某苗寨）

苗寨娃娃（摄于约1984年，不知名苗寨）

“就这一件了，土改时藏在山洞里头才留下的，我家是地主，浮财都分给了穷人。”苗女随口说。

天无三日晴地无三尺平人无三分银的贵州，就算当了夜郎国国王，其富也有限，深山里怎么划了这么多的地主？苗人天天吃酸菜汤攒钱买银给女儿做嫁妆，吃力苦作买两块薄田留给儿子就要成地主了？

漫想着爬上山顶，回看低洼处的苗屋火柴盒般大小，夹杂在不规则的镜子般的望天田里，晒坝上一光屁股娃娃正扭来扭去朝我望。

不由得想起了有钱的老姜家，住在他家时天天酸菜糟辣椒下饭，辣得满嘴燎泡，打熬不住自去乡场上割了块猪肉回老姜家来打牙祭。老姜婆娘一边为我往柴灶里送稻草苞谷秆烧火，眼盯着我手上欲倾的菜油瓶，唱歌样跟我说：

“老师呃，油不在多，只要辣锅！”

老姜家过去的成分也是地主，现在他是生产队队长，劳力强，婆娘又会做生意，还开了间小辗米房成了寨里最有钱的人家，这成分该咋算？

乡场

那个乡场在江边上，去要坐船。“坐就坐嘛，我陪你去。”小苗女笑嘻嘻对我说。

小苗女家除了桌子板凳再无多物，下乡来得匆忙又忘了带本书，前两天都下雨，出不得门就把木板壁上贴得颠三倒四的旧报纸从头到脚通看一遍，从墙脚看到屋顶，看得脖子酸痛，那年头的空话新闻实在难看。

突然听小苗女说几十里外赶乡场，她还愿带路同去，说话间天渐渐放晴了。

河边的大木船样式还是老样式，尺寸却比寻常船大一倍。船上挤满了苗人，等我们上得船来，两个船夫篙杆一撑，船掉头慢慢往下游凫去，船重，凫得极慢。

苗人赶场不是去买就是去卖，难得有人像我光手千里迢迢作耍，有人用苗话跟小苗女说了几句不再作声，满船人眼光光地看我这个外乡人。

船帮浅人多，船上不能站起来活动是肯定的，事先却不知道有那么远的水路。挨到小腹开始胀憋，人就焦躁不安起来。船是裸船无顶棚更不会有厕所，苗人和背篼挑子挤得没闲空间。就算满船人掉头不再继续盯着我，我也无法在船头尾方便，总是避不过船夫的，不能狗样不管不顾。

看我难受的样子小苗女也急，悄声说还有一小半水路，忍不忍得住？那时忍不住也只能忍，我想实在忍不住了干脆往江里倒栽下去，看样子江水不算太深太激，我会游，假装失脚掉下水去是最后一策。

好在船靠岸了还能自控，冲进河边苗人的牛圈一通释放，筋肉神经才舒缓下来，下次坐船一点水都不敢喝了。

毒日头下的卵石河滩上乡场热闹得很，苗人蹲坐在干河滩上

施洞码头建筑边上的小银饰摊子，下面河滩上的露天市场天热闹非凡（约摄于1983年）

赶场天河滩上的染布生意，布料按分量收钱（摄于1983年，施洞镇河滩上的赶场天）

卖鸡鹅猪牛，卖本地的辣椒青葱小白菜，卖汉人叫作番茄的西红柿，苗人喊毛辣果的外来菜蔬。几架简易摊棚摆吊挂了些早在大城市里失踪的老式衣裤汗衫，苗人摸了又摸还使劲撕扯一把，苗声讨价还价得起劲。

卖丝线纽扣的摊子上也卖剪纸，剪纸用鹅卵石压住免被风吹跑。那些心灵手巧的苗女自己会剪纸做刺绣图案底，手笨的苗女就只得靠买剪纸来做刺绣图形样。清水江上下游的苗女剪刀绣花针并用得巧妙，看似只有大形而无细节的剪纸落到她们的手里，不仅能绣得五彩缤纷，动植物人物的细节眉眼还生动得很，说是蛹蝶之变绝不过分。

从菜摊转到远处架在几块大石上的铁锅边去，看苗男用木棍在沸腾的乌水里搅拌，巨锅里逐渐青紫的棉布鱼样沉浮咕嘟冒泡。旁边几个苗族男女忙着称小捆的白布交钱，过了秤交了手工费的布抖开堆放在地上来准备融进染锅去，七八丈长染好的青布拉直了晾在白花花的乱石河滩上，黑白对比得扎眼。

小苗女说现在苗人做染布生意的多起来，不像以前都是种蓝靛自己染。用蓝靛叶泡染水染出的布颜色好看，就是费工费时，哪有化学染粉染得多染得快，染布生意赚钱呢。小苗女又说她家的布还是用老法子染，蓝靛染的布永不褪色。

转看够了，相机里的胶卷拍光了人也饿了。乡场上只有几分钱一碗的酸辣粉卖，买两碗给小苗女一碗，再学小苗女样，用筷子尖往拴在摊架上的香油瓶里轻点一下，抽回筷子搅进自己的酸辣粉里，小苗女已经呼噜噜吃开来。

乡场上的食摊（摄于1985年，清水江边某河边苗乡场）

河滩苗市场上，来赶场的人来自附近不同服装装扮的苗寨。（摄于1985年，清水江边某河边苗乡场）

晓得小苗女到了喜欢走几十里路去逛乡场吃酸辣粉，逢年过节穿盛装和其他姑娘家一起踩鼓，与苗男在月下“游方”唱情歌的岁数，就问她喜不喜欢过这种日子。

小苗女辣得满脸通红：

“咋不喜欢？只不过我们长大了就要嫁人，落了夫家就要生娃娃养猪种菜下地，忙做全家人的三顿饭。缝不完的衣裳做不完的活路，人老得快哟。哪像你老师，还可以来我们乡下一个人自己耍。”

“等哈（下）回去还坐船是上水，更慢。去县上的班车要经过我们寨子呢。”小苗女跳过话头提醒我。

像我这种爱喝水的人坐船的确遭罪，不如坐车好过点。山路绕来绕去的颠簸也烦人，但内急时可以叫停车，喊船靠岸就难多了。决定了回程坐车，多少有些遗憾在来船上没顾得上多拍几张那些扎住脖子的鱼鹰，没来得及抓拍几张江边的黄桷树和树下的大小苗寨。

白日在船上河滩上的暴晒令我沉沉入睡，又被屋外沉闷的捶打声缓缓敲醒。恍惚记起小苗女说过，月亮好的晚上，苗人家会把染好浆过晒干的青布搬到门前专为捶布用的大青石板上，全家人轮流用木棰反复捶打，把“斗纹布”捶结实，捶出青紫凝练光。小苗女家今夜是在捶打她将来的嫁衣布料吧。

回路上小苗女悄悄托我帮她在城里找份工作，当服务员打零工都要得，她心不大，就想挣点自己的私房钱。

小苗女玩着脖子上粗粗的银链，说想有条金的，金比银值

河滩乡场上卖鸡鸭的苗人（摄于1985年，清水江边某河边苗乡场）

清水江上的苗人小渔船，船头上鱼鹰在等待主人收拾划船下水，等待解开它们脖子上的绳套下水痛快叼鱼（摄于1985年，清水江边某个河边苗乡场）

钱。

老辈的苗人非常爱银，没听说过谁家藏金。

老苗人提到现在总想往外跑，总想做生意赚钱的青年苗人有一肚子气：

“山外头的人哪里会善待我们苗家？还不是要她们去干那种端屎端尿的活路，欺人啰！”呸地吐一口痰在地上。

此话不假，但又哪里仅仅是欺负苗人？山外的世界有多少重天，黔地的老苗人是想象不出来的。

幺店

赵老板的祖宗许是明代入黔的汉人屯兵，居住在苗山的汉人难得说清自己先祖的来历，晓得自己是土生汉人，深山里的穷汉农人少有家谱，除了继承父姓延续烟火外，还不如苗人能父子连名地记得起几十代前祖先大名。

这赵老板的脑瓜却比周围的苗人灵，眼看种地养家活口难，索性把乡下的田租给他人耕种，自己一家搬来小镇边开了家庭旅店。外地来的商贩、下乡来玩的客人很快就发现住他的家庭旅店比住国营旅店舒服，清静方便还安全。住得高兴的客人喊他老板喊得响亮，他爽快地也自认为是老板，小老板一个嘛，哪怕自家的旅店小如田螺。

赵老板的小店是清爽，木地板擦得干干净净，床缝里翻不出臭虫跳蚤，赵老板还舍得钱在天花板上装了吊扇送凉风。就凭这两条，客源就不断。又何况赵老板四十啷当的人还小伙子一样豪爽，人缘好得很。

小旅店外表普通，不过是当地常见的民居小木楼，赵老板把小楼稍加改造，在大门边搭出间偏厦做日杂小店，半人高的柜台后有两米高的货架，黄的草纸肥皂，白的盐巴和糖跟散装纸烟干酒坛交错置放，左邻右舍和过路客拐进来买点急用品。卖出的东西不多不值钱，买卖双方里外是要聊好久天的。

小店后面的半间是灶房，半间黑洞洞的小耳房是赵老板夫妻的私人天地。老板娘平时在厨房里烧水做饭，眼睛耳朵挂着前面的小生意。赵老板跳进窜出地在门前空地上忙些劈柴搬货的男人活路，有客人来就钻进柜台拿货招呼应酬。赵老板大声说笑的声音好远都听得到，反而老板娘轻言细语。

那日来了对外乡年轻男女，赵老板眼尖一下子就认出来，招呼说你们都来镇上好几次了，这次不住镇上国营招待所了啊？

男女齐说：人家都说你的店比国营的还干净，专门来住的，你欢不欢迎？赵老板满面的笑，说请都请不来的客，哪个说不欢迎！男的接嘴说她是老师我是学生，老师下乡来玩耍学生就是陪。那女老师就正经开学生的玩笑说：“他是学生也是保镖，他还会点武功呢，遇到土匪来抢，他负责上前去对打！”瘦瘦小小的男学生瞟一眼自己的细腿细臂，傻笑出满嘴大小不一的白牙。

赵老板提起女老师的背包往楼上走，说一人一间，本店客满了。

转身从楼下提两瓶开水上楼来的赵老板，自然地坐在床沿边陪两人聊起天来，散说当地民风民情，说满街乱逛的狗。没上过几天学的赵老板话说得干净利落，慢条斯理。

赵老板说起小镇上原来有好几家私人旅店，开了一阵都被罚款，最后都短命关了门!

那女老师就说：这镇长和派出所所长肯定是你的亲戚，人家都倒闭了只有你的店还在？小地方的人都沾亲带故，莫得点亲戚臂膀关系，旅店哪里开得成，对不对哇？

赵老板一阵乱摇头，说整条街上就他一家汉人，自家婆娘虽是苗人，老家却在黄平乡下那边，跟本地苗人一点血缘关系都没有，想凑热闹都凑不拢，哪有福气跟镇领导攀亲。

赵老板的汉话说得也带苗腔，笨嘴笨舌诚恳得有分量。

“店遭关还不是因为客，说到根根上还是店老板自己笨。客人嘛，啥样的都有，有的爱赌钱耍，有的爱睡女人，当老板的睁只眼闭只眼不管，只图钱落到自家荷包头就要出事。有人乱来就有人去告，政府公安听到了还不来查呀？撞到枪脑壳上了哪里就脱得了爪爪？”

故事说得真有意思，女老师男学生坐着专心听。

“虽说哪个又不爱钱？不爱钱的话我就不开这店了。只是那种钱烫手要不得。别个人家图的是来钱快我图的是个长久，那些乱七八糟的人我就不准他们住进来。”

赵老板给两个听故事的人杯里续满水，接着说自己遇到的麻烦人。

“有回就来了个县林业局的青皮货车司机，一起来的还有个姑娘家，说要在我家旅店歇一晚。一眼，我就晓得他们不是一家人。他两个也开了两间屋，就坐在这房里嘀嘀咕咕说悄悄话，半夜了，青皮司机都不去他房间睡。我心头有数，这青皮娃娃心头有鬼。陪他们说了阵闲话，我转身下楼，青皮跟脚回他的房间。人家回屋都轻手轻脚的，他重得像熊响，生怕我听不到的样子。”赵老板微微一笑，憨厚脸上的精明薄雾般闪现又消失。

“挨到半夜一点多钟，清清楚楚听到青皮司机在隔门说话，他以为我们都是聋子？他还硬是把姑娘家的门哄开了哇！等我上楼去敲门把门敲开，屋里青皮司机的脸硬是吓青了！”

女教师和她的小保镖听得出神，追问：然后呢？

“然后？青皮司机求我不要告。不告他，我的名声坏了又咋办？结果派出所晓得了再通告林业局，后来，后来听说青皮司机遭开除了。”

赵老板说时目光直视听者，一字一句清晰。

他用脚尖轻点了一下木地板说：我们两口子的床就在下头，壁虎儿爬过都听得见。

赵老板又解释说乡下人信迷信，就是真的两口子到亲戚家做客也不兴睡一床的，污糟了主人家嘛。

女教师皱皱眉，暗想这老板也太狠了点，青皮司机再讨厌，丢了工作还是惨。转念又想，青皮司机丢了工作但技术在，当司机的人总不乏活路的。倒是赵老板开不成店就只有回乡下再当农民了，芝麻大的老板不去整人害人，也不要被人家连带坏了才是。

凝神中，眼角无意间捕捉到赵老板小心悄悄打量自己的眼光，就扑哧笑出声来，这狡猾也朴实的家伙，显然把她和男学生当成来乡下偷情的人了。

“赵老板，下回再来这儿耍，我把丈夫一起喊来，还住你的店，还包两间房好不好？”女教师直视赵老板的眼睛温和地说。赵老板的脸居然红了，像镇口大树下那尊刷了把红彩的粗石雕土地菩萨。

赵老板有几分不好意思地慌忙点头，说提前告准时间，我把两间房都给你们留起，打整得干干净净的随你们用好久！

这时有女人的声音和饭菜香味从地板缝楼梯口一同弥漫上来。

赵老板说自家的婆娘长得蛮了点，但饭菜做得还可口。

楼下厨房的四方桌上已放了两大盘菜，是当地河产的七星鱼和大颗大颗的红辣椒混烧，热乎乎的看着就开胃。还有一盘是自留地掐回的青菜，颜色鲜嫩油光水滑。老板娘从灶角端上来一大盆鱼骨青菜汤上桌，倒了碗泡酒给自己男人，笑眉淳眼与他对坐。

打量这老板娘的身胚，比她男人树墩子般的体形还壮实几分，犁田砍柴是把好手不说，两口子打起架来赵老板也未见得是对手。女教师赶紧拈了条七星鱼塞进自己口，怕胡思乱想冲出嘴来，老板娘听了生气。

下乡来耍的女教师和学生把小旅店当成家住了三天，吃住包干赵老板只收了15元钱。

银匠

苗家的银匠是个人物，好银匠招来四方客，寨里人都敬重得不行。

枫树寨有银匠三兄弟，各人娶了媳妇早分了家，但还在同一屋檐下住。寨子里的苗人说，有钱的人家屋子城堡一样大。

太阳天，几兄弟在天井各打各的银饰，偶尔聊天，更多的时候闷声不响。银匠的大门是用碗口粗的树杠顶上的，来打银饰的人要捶门喊门。

兄弟中老大的手艺最好，上门来打银饰的十有六七都找他。苗族男女揣一手帕的碎银来找老大商量啥样的银饰好看，问这银够打几件花饰。老大半闭眼，不甚耐烦地扯出十六位制的老秤平平称过，问清客要的大小样式件数，心算出工价，话出口是不还价的。远近的苗族男女晓得老大脾气牛，也晓得他正直不哄人不偷银，人就信得过他。

这两年找老大打造新银饰的苗人不多，最多逢年过节把祖传的老银饰交给老大用硼砂水清洗，要洗得月白。小苗女大红大绿的花绣衣配这样亮色的银饰，便多了锁子甲衣才有的阳刚兵气。不过老大脾气越来越怪，一不顺心就说手痛做不了活路，把找上门来的生意往老三身上推，老三接了活路又不大领情。

我没见过银匠是怎样做银饰的，这天专门找上门去看。

进屋的我好奇得像只猫，止不住东一翻，西摸一把，把老大的工具箱格格打开，把凿子钳子和不大的模具样样都拿出来把玩一阵。看了模具我才明白那些小巧的缀在苗娃娃帽上的半浮雕人物银饰是怎么打造的，还看出这些小银人分别是张果老、铁拐李、何仙姑、吕洞宾等仙家。

老大那天温和得很，只脚跟脚地收拾我翻乱的东西。看我的兴趣那么浓厚，主动拖出只脏兮兮的破脸盆推在我脚跟前，乱糟糟半脸盆暗灰脏兮兮的物件参差。收拢游走的视线，原来是老大收藏银下脚料和残饰的回收聚宝盆。我惊呼起来，用手指在脸盆里挑来翻去“淘宝”，老大一屁股坐回他的竹椅上，头顶天井那方阳光闭目养神。

老三在天井的另一角使劲拉银丝，一圈圈更细的银丝盘出游动的光亮。他肯定在远观，见我对个破盆那么感冒还拿相机左照右拍，老三出声：“有啥看头哟？都要回炉化银水的！”他从屋里转身过来，拿出件他做的花马银冠和银挂锁递到我眼前，骄傲地说寨子里的女人姑娘家都爱这种新样式。崭新银锁上浮雕狮子图案圆浮，镂空突出的狮嘴里有只活动小球，银锁肚里密封了把砂石，摇来哗哗沙响。

我没好意思跟老三说，样式新不等于细节精彩，我不爱。

老三却没管我的反应又问我懂不懂政策，问买卖银子犯不犯法。

回答不经大脑的我说，从中央到地方的政策多如牛毛，变来变去的哪个搞得清？话说一半突然回过神来，这老三有意思。

老三瘪瘪嘴恨说：“你们这些读书人有啥球用？啥都不晓

从苗银匠手上买下老银饰，在我看来完整的残缺的皆美

得！我们老大还当了两年村小教师，一绳绳儿捆起弄去劳改那阵，自己都不晓得犯的啥法，前年人放回来，婆娘都气跑改嫁了！”像是说别人事一样，老大袖笼双手，头垂半睡半醒的样子。

老三脸红筋暴起冲老大高声说：“死眉烂眼的现在闷起不说话了？以前我们寨就他一个人订报纸，好有文化哟，老大耶，年轻姑娘家喜欢的银饰你不做，吃屁啊？”

老三甩脱手上的夹钳，回屋去再翻些报纸活页纸张拍在手上啪啪响地过来，气鼓鼓说，县头区上一天到晚发文件，人家拿来揩屁股老子偏收起来！看他狗日的政策要咋个变。

我这才听出门道来，前几年老大恐怕是私下买卖银子出了点事，那些年打银饰是封资修，做买卖要遭割资本主义尾巴。中央地方政策又变得快，变到老大放出来的时候，人都关焉了。老三在帮哥打抱不平呢。

听老三唱独角戏，牢骚声中问咋没见老二出来。

“老二？现在富得流油啰，人家开了碾米坊还会烧砖卖？早不当银匠当有钱人去了！”

老三自语又像是对我说，老大年轻那阵儿打过那么多银饰，怕是挣了好多钱，都不晓得藏到哪块田边地脚头，现在不用以后留到当棺材钱啊？

瞟眼老大依然默不作声，老三再叹口气：

“干脆跟老二跑生意算了，做啥银匠哟。”

无心听老三火冒三丈的牢骚，眼睛始终没离开过盆里互相勾结纠缠的银残片杂物，我希望能淘出一两件人家不要的，我认为是好的东西来。顺手扯过风箱前点火用的旧报纸理平摊开，倾盆空出，顿时欢喜得眉开眼笑差点欢呼，果真捡到宝贝了！

手指小心捏住几件宝贝细看，老银饰灰色沉稳，浅凹处似画家黑线勾勒过，勃然传神。头上阳光如金雨，有一丝落在我手，银饰便通体放光。

小小的道人骑鹿不过两厘米大小，侧坐在鹿背的仙道笑容可掬，鹿身梅花纹蹄印般步步展开，精致十分。

大肚罗汉果然扁胖，奇的是五官镂空，米粒大小的眼鼻嘴滤镂着暖阳光，神态笑意绵长还有几分滑稽味。

道人的鹿腿折断了一截，苗女大约因此弃之，大肚罗汉却遍体完好无损，抛弃的唯一理由恐怕只有一个老字，看来人喜新厌旧是天性。

那件银包头的尖状骨饰让我心跳不已，不解人怎舍得扔掉它？

老大接过三件银饰一并平平过秤，按银价收我的钱。

漫不经心划拉一指那尖状饰物，老大说是虎牙，几十年前这苗山上有虎出没，寨里老人家说虎啸起来山都在抖。

攥紧我的三件宝物，暗思那不是虎牙该是虎爪，虎牙太薄哪里咬得断人骨兽骨？它活脱是只放大的猫爪吧。苗人传说虎爪可避邪，这爪上的银包头兽面纹直似商周青铜器纹样，兽眼大睁狰狞霸气，当初银匠打造它定有敬畏自然天地鬼神的意思，哪晓得今天的苗人居然忘记了它的原始功用？百般怀疑猜测不敢说出口，怕老大悔心不卖了。

撕一角旧报纸仔细包好三件银饰，这手工上乘的银饰许是老大的手艺，许是他父辈的作品。会绞粗银圈活的银匠寨寨都有一两个，手艺精到的银匠，像苗山的老虎难得见到了。

如梦令

“日程？日程是啥东西？人是活的嘛，改一下日程不就行了吗！来来来来，慢慢喝！”

说话的是县里来的农机局副局长，三十啷当的年纪话已说得有点霸道。土生土长的苗人进城当了官，回到自己的乡下，那种自在才叫如鱼得水，到处都有人请他吃饭喝酒。他说今晚喝第三家了。

到苗乡来采风的汉人不知怎么的跟副局长走进了同一苗家门，副局长反客为主地拉着汉人劝喝酒，不喝不让走。喝一两杯还不算，还要拼酒，好玩嘛！

汉人喝不惯苗家的泡酒，头两口寡淡，不知不觉的就要上头。晓得泡酒厉害的汉人咬紧牙关不松口，说要赶去几十里外的偏寨，说约好了老歌师唱苗家的“大歌”。苗人无文字，民间“大歌”里唱出的历史远古史口耳心传，会唱大歌的苗人越来越少，汉人想把难得的歌录下来。又何况，汉人的回程车票早买好，下乡十几天早出晚归地忙碌，汉人也想家想老婆娃娃了。

副局长不依不饶地拍胸脯保证：

“就喝一杯！喝了我就陪你走，我去的地方顺你的路，一路上我给你当向导翻译该成？”

现在不走好久才走得成？走夜路磕磕绊绊的，但没听说有贼人劫道。汉人晓得去偏寨的路顺门前的机耕大道一直走下去，半夜总是走得到的，现在出发还来得及。看副局长摆开不醉不算赢的架势，汉人哪有心思听他鬼扯陪他海喝？趁主人家和副局长互相劝酒劝得不亦乐乎，汉人提起脚边的背包夺门而出，扑进清凉旷野。

走不多远，浑身酒臭的副局长气喘吁吁赶来，说走夜路还是有伴的好。他自己来不算，还拉了两个苗族男女同行。

汉人注意到这一带地貌精怪，公路的一侧是尖削的笔架山势，另一侧却是圆乎乎的女人乳房般的馒头山，绵延不断的山不高，公路在其间拐来穿去，路缓上缓下，风来凉悠悠的好走。走了二十来分钟，人身上还是出汗。

副局长酒嗝不断连说泡酒不醉人，不过喝了酒嗓子有点痒，想唱歌，闷路走来不好耍！大声清清嗓子副局长要请汉人先唱。

反正有夜色遮脸汉人不觉羞怯，唱就唱！

先唱“革命不是请客吃饭”，再唱“大刀向鬼子的头上砍去”。汉人边唱自己边惊讶，几十年前的老歌，唱词脱口而出还没跑调，雄赳赳唱出声时，眼前浮现一片当年的景象。

但到底不是惯用嗓之人，在旷野里吼，馒头山笔架山都无回声，副局长等人也没叫好，汉人的底气渐弱下来。

一路莫名其妙相跟来的小苗女早按捺不住地张嘴接着唱，唱

山里的苗寨，石头路木板房，有苗人走过的千百年时光（约摄于1984年）

的却是《冬天里的一把火》。苗腔苗调演绎费翔的火爆劲歌，小苗女唱得来劲，汉人听得不入耳，央她还是唱苗歌。

小苗女与副局长低语几句，果然对起歌来，唱的是当地苗人最爱的“飞歌”调，苗歌里最锐声的那种。

除去咿咿呀呀的歌头词尾，汉人听不懂苗语，悟得出是阿哥阿妹在互表柔情。副局长吼起情歌来，身上的官场霸气味不觉消散，还原出苗家小伙子的本色，暗夜里两眼灼灼生光。

一首接一首的对唱缓慢了步幅，月亮从公路的这边移到公路的那头，再钻到云后不肯出来，副局长焦躁起来，说口渴得要死要找地方喝口水。

说着说着脚下的路开始拐弯，糊涂中竟拐进了黑压压的苗寨。副局长熟门熟路地捶门，大声武气的苗话唤人开了门的瞬间，汉人眼皮子开始打架，昏头昏脑得像被巫师催了眠。

迷糊中只觉有几只手拉扯助他跨过高门槛，跨进远比野地黑一头的房间，半天才见地上火塘里有微弱暖光。倦眼在黑暗中没参照物地左右转看一圈，使劲睁大眼又依稀发现墙上有财神爷像，再努力聚焦，恍惚看出神像神龛下有几挑谷子之类东西横担着，旁还有似泼墨笔法画出的老者拢手微笑。汉人顿觉身前身后都是人形，昏暗中还有好些个人挤挤挨挨跟自己坐在一条长凳上。

暗黑中人都在极亲地说话，像在谈家常辈分，也像是在议论汉人自己，不时还有人拍拍他的肩。细酸的酒味梦样弥漫开来，人果真是在以酒解渴。

不知是急走夜路引发的倦，还是苗话听来有如会作法的瞌睡虫作怪，汉人被推拉起来仍似在做梦。有人牵领他小心绕过火塘融入另一漆黑天地，有人用温和汉话说：

“先睡，饭好了再喊你起来。”

汉人大腿碰到木床沿，腰一软，就头重脚轻倒入床上空当中。

睡死前汉人本能地左右摸了一把，两边有人的肩头大腿。窄睡房里充满厚重热乎乎的汗味，汉人立刻不知人事地睡了过去。

睡梦里，人声鸭叫的细微嘈杂声牵弹着在汉人耳里捣鼓，梦说青天白日乡场上的热闹嘈杂就是如此这般。

被拉起床来的汉人依然未醒，四周还是无边无际的黑，就干脆不睁眼地随人浮游回先前的屋里，直到屁股安顿在长凳上。

肉身混沌又轻如浮云，心里还晓得傻气自问：

“屋里为什么不点盏灯？”

有人塞给他双筷子，又搁了只满满的暖乎乎大碗在他掌中。汉人用筷子戳了块东西送进口，苏醒的味蕾知会迟钝的大脑：

嘴里是块煮得半熟，毛腥味重的老鸭肉。

汉人脑中贪吃的筋犟不过管睡觉的筋，苗家难得的美味助阵都醒不来。那碗鸭肉饭到底有多少进了嘴？自己睡了回头觉没？漆黑夜把汉人的思维记忆全抹没了。

在单人床上清醒过来的汉人发了好一阵呆，死活想不起来怎么住进这镇上招待所的，更想不起昨晚到底走了多远的夜路，居然累成这样子。汉人记起随副局长在人家喝泡酒吃鸭肉饭的地方

施洞一带的苗建筑多用山石木料建成，斜小的木棚是牛棚，通常建在主人家房屋建筑旁边（约摄于1984年）

叫牛脚寨，精神一来，从床上翻身下地，开门去找招待所的苗女服务员问。

招待所面目清秀的苗女扑哧笑出声：

“你以为好远哟？出镇十分钟都不到就是牛脚寨嘛，怪不得昨天半夜副局长和他的亲戚把你背来，醉得哟……笑死人哟！”

被笑得难堪的汉人分辩说自己哪里喝了酒，半高声地喊：

“把你们副局长喊起来，问他，我是不是真的喝醉了？”

几个苗女腰都笑弯，叽喳回嘴：

“喊他呀？人家天亮就起床，他两个亲戚带他往河那边的唐龙乡喝酒去了。副局长走前还打招呼说不要吵醒你，说你醒了晓得去追他们的。他还说房钱该你交，两个人的房钱哟！”

汉人勃然大怒：

“啥呢？我交他住的房钱？撞到鬼了！我们是一路走但不是一路人。狗日的好赖皮！”

稀里哗啦连吼带骂到气都接不上时，汉人突然自己住嘴笑起来。招待所几个鬼女子哧哧乱笑的样子点醒了他，这些互相知晓底细的本乡苗人，怕是串通好了来戏耍他的。一个与副局长同行一夜路的外乡汉人，当然不该代交局长的房钱。

“狗日的一路耀祖光宗地下乡走一遭，公差出成这样，好耍得很呢！”丢下话，汉人独自往偏寨行去。

汉人眼前的山走势极穷又极峻，清江弯过山脚，那水色真是有生命的一湾碧玉。在这种地方，时间是另一种转法，人也该是另一种生死活法吧？

大绣于野

我进贵州苗山，是误入，误入桃花源般的错误。那年头爱上了一个贵州人，爱到魂不守舍，就成了跨省列车的常客，颠簸穿梭于川黔两地间。

枉担快车虚名的列车车速实际上相当慢，脏龙一般在黔山中嘶吼着钻进穿出，揣了满肚子各种欲望冲动的人去那古时充军、现在依然贫瘠之地。凉风热风变换，挟裹着呛人的煤烟扑进车窗，前面车厢的人假如泼了杯残茶到窗外，后边车厢的临窗人就骂骂咧咧抱怨，一粒极细的煤渣要是随风入眼，顾不上骂娘，人已火烧火燎地疼痛难忍。

我却不能不注视窗外苍凉大气的山川地貌。

黔地先民代代耕出的各型大小不一的望天薄田布满山体，间或有青衫布衣人在其间劳作。季节到时大簇大簇映山红满山突然热烈盛开，成百人家的大寨和那些有十来户人家小寨的色彩便明亮生动起来。

黔行就有了去苗乡的动机，到后来一去再去，只能说困顿封闭闷热的苗乡自身有巨大的张力，引我爱上了这片原本与己无关的地方。不明就里不带明确目的的野游舒缓了自己的心境，顿悟却是很多年之后的事。在苗乡的日子如过眼烟云，我一直以为在将来的记忆里不会留下多少印记的。

那天在老屯苗人家翻看乡人送来的大堆刺绣，恰有来苗乡视

老屯乡岩脚寨美丽苗女（约摄于1984年）

高栖于屋梁上的家鸡们

察的北京女干部和县里干部一同跨进门来。这大堆刺绣和我手上的那幅双锁边的花鸟纹老绣片抓住了北京干部的视线，显然她被偏僻苗乡里如此多的刺绣吓了一跳。回过神来，京片子字正腔圆居高临下，也有点漫不经心地问陪同县干部：刺绣图案是否有什么特别的意思？

清代之前汉人称黔苗为“五苗”，现代人以“苗”来统称这一族类。殊不知在黔地，各路苗人还是各认各的祖宗，大系的来历说法自称也多得很，仅以服饰图案类型来划分的黔苗就超过百种之多。

陪同来的县干部是苗人但不是当地苗人，提问超过了她熟悉的范围，见她张了张嘴，无话可答。

我就边看手上的刺绣自说自话接嘴：

“这类图案，是苗女不晓得传了好多代的‘经典’图案。”

苗干部急译我音韵不同的四川方言，大声用普通话说这是本地苗人的“金匾图案”呀！

黔东南苗人与外界接触有限，听得懂周围四川湖南湖北话的人都少，普通话非常不普及，难得她敢开口说官腔，而想当然的“翻译”听得我大乐。

北京女干部自然不懂这刺绣图案如何金匾。倒糊涂晓得了这类刺绣是有点年头的物件。不难看出她对苗女做得出这极为精致刺绣的怀疑，乡下的苗女个个粗手大脚，实在不像对付得了纤细绣花针的角色。接下来的疑问有点气虚，不再像头个问题问得那么坦然：

“哪，刺绣是缝纫机轧出来的吗？”京官声音低了几度。

几个围在我身旁的苗女听得眼睛都圆了，惊讶万分地互相问：

“啥子鸡啄得出刺绣呢？”

黔苗吃肉杀鸡总要等到年节来临，家家都养鸡，数量不多且很少喂食，只野鸟样敞放。家鸡的唯一标志是晓得各回自己主人屋，天黑前鸡们扑打着翅膀飞上自家屋的高低山墙，赶在黑咕隆咚天黑净前回到安全地，拢翅闭眼脚抓紧，野里野气地悬悬入睡。

顺苗女话音和思路想，“苗鸡”装模作样刺绣的情景格外好笑，误会如此滑稽，真是心里笑开了花。语言的误会说到底是文化的误会，撞击杂交出的花却变种成异常精彩美丽的花果来。

就像苗绣的“经典图案”，里面无疑包含着数百年时光打磨的成熟完美精到。龙，鸟，蝴蝶，纹样形式简约内敛，有团似含苞开如山花的清纯热烈，也有大家书法千锤百炼的自如，还有玉雕巨匠凿下的通顺流畅。

不禁对这苗绣上衬底的云纹与汉商周时代的青铜云纹，生出彼此间有某种精神上暗合的联想。艺术图案的来历不像江河，不总能找出准确的源头，但简单云纹给平面刺绣平添的奇妙三维空间感，却令人视之悟之并联想翩翩。神秘精妙的苗绣图案还把我带入想象中的奇妙外星世界，令我有在银声细碎的光年大河里沉醉漂游的梦幻感。

苗人的先祖从哪里来？什么年代安顿于此？为何族系中有那

那些年常常去苗山的我，拍参加姊妹节踩鼓，绣服盛装披挂全套银饰的小苗女们，慢慢收藏美丽的施洞苗绣（约摄于1985年，雷山千家苗寨）

施洞巴拉河的清晨（摄于2016年3月）

么多细微分支？复杂精美图案背后隐含的人类学、真实历史和神话民俗，内涵丰富复杂绝非我所能一一解答。但我意识到苗绣以它们的特别语言向我展示时间神秘的舒缓停顿，不妨把苗绣看成是这棵民族大树上复杂而无言的年轮，细心揣摩，便慢慢能看出黔地有过的丰润和困境。

沉思神游中，暂时忘却了自己生活中的诸多不顺不快。

黔地贫瘠树少，闷热季节漫长占多半年头。

在黔地白日出行，经常热得东倒西歪，晚上却辗转反侧难眠，跳蚤在作怪。被咬得心烦意乱时恨不能像苗鸡样悬在腰墙上睡，险是险了点，跳蚤总不至于爬上高墙。人上床成了跳蚤丰饶的血库，别无他法，只有撒药拒蚤于数尺一丈之外。遗憾的是，当年的市场商店里无适合人用的杀虫药粉，城乡店里买得到的只有六六粉。

问题是，跳蚤、六六粉都毒。

撒了六六粉的床跳蚤不来，床上的人也被熏得半死。受不了六六粉的毒气，就得忍受跳蚤全族的通宵骚扰，绝无两全法。

熬过一夜的我样子尴尬，磨皮擦痒的看得主人家不安：

“这些跳蚤怕是被我们养家了的？你看我们睡一屋，它们咋就爬过我们的胸口儿不吃我们，专门找你咬呢？”果然，苗人精瘦光亮的皮肤上不见一块红斑。还有几句嗤笑的苗话没全翻译过来，伴随着跳蚤千军万马直奔我来的幻觉，我猜得出那话的意思是：

“细皮白肉的，跳蚤也晓得哪条人好吃呃！”

黔地自然不是桃花源，跳蚤多而农作物收成少，家家都有饱一顿饿一顿的时候，苗乡的富裕人家也有半年数月缺粮的日子，穷点的人家熬时光就更是平常。缺粮时日，苗人挖蕨根百合根煮熬淀粉当饭吃，房前屋后有树的人家砍了树，挑抬树干到县城乡场上去卖，还有家传老绣的人家或翻出老物件卖给流星似的游人换点钱。

山上地头自家的树不多，家里的老绣衣绣片也就那么几件。卖光了老绣衣绣片的苗女也会翻山越岭去偏远村寨亲朋家，游说背几件绣衣绣片回来守株待兔地卖，赚点跑路费也好。滑头点的苗男女还会把老绣片一拆为二为三，能多卖几个钱算几个钱。

渐有生意头脑的苗女发现既然老绣片可以卖钱，既然绣片不是做来钉在自己的盛装上，苗女就粗针大线纳鞋底般做些新绣来卖，新绣粗糙但野趣生动的图案趣味仍在，没见过真东西的外地外国游客，见这花花绿绿的鲜活也爱，来过苗乡的游人多少是要买一两件的。只是来黔地的游客始终有限，粗绣却越积越多，逮住机会苗女不免冬瓜白菜样摊开她们的货，强视觉刺激加七嘴八舌苗话汉语的听觉密集轰炸，搅得游客晕头转向一回。

苗人乡场上的买卖，常换手的不过是元角分一类的小钱，一幅老绣则能招来张新版的五十百元大钞。亮得出大票子的我开始还得意，见大钞在苗女手上传看一圈也没被人收下的意思，就不耐烦：

“钱是真的还哄你们不成？再说，只有鬼疯子才背一大包角票出来你们这山旮旯里头来玩？”看苗女依旧狐疑，我的气不打

施洞苗绣做工精致，构思神奇甚至异想天开，我就这么迷上施洞苗绣几十年

一处来：

“刚才你们还恭维我是大老板，喊得那么亲热，大老板荷包的一张大票子就把你们吓成这个样？”

去过县城州府和外省的苗男这时过来拍胸脯充能人，说县银行的人下乡来教过认新钱的真假，搞忘了嗦？男人抓过大钞往亮处看：

“咦！上头还真有个人脑壳水印印呢！”苗族男女头挤作一堆争相细看的情景眼神，像单纯又机警的山羊。

慢慢就见识收藏了一幅又一幅精美绣片。越熟悉现实生活中的苗人，就越喜爱苗绣上神气活现、天地鬼神人的天地世界。苗女的艺术想象之丰，刺绣图案颜色之美，与她们的生存环境形成了强烈对比。

苗女把苗人崇拜的龙神形象发挥到了极致，苗龙可形为蛮牛，头大鱼身四蹄还带角爪；还可曲如蜈蚣，状如蓬头狮，如花尾鱼，如大鼻象，如长身蛇等千变万化的形态，匪夷所思，野里野气又天真自然。苗龙无汉龙的皇权霸意，有的只是家神族神的关切甚至唠叨，有的只是那种管山管水管田管地，管苗人生儿育女，管苗寨龙脉平安，管苗人的婚丧嫁娶的婆婆妈妈般的操劳威严。

苗女把苗人自己也绣在了刺绣上，图案上的苗人一反生活中的平顺温和样，脸有刺青、舞枪弄刀、骑龙乘鸟持旗把刀的咄咄逼人。苗史不乏与外族兵戎相见的战争过去，胜败进退不断迁移求生存的时间能回溯数千年。也许这些图案记录的就是苗人自己

施洞老苗绣神秘绝妙，无声的语言内涵丰富，让人有进入时光隧道之感

有名无名的男女平民英雄勇士。而苗人的英雄人物又常常具有神巫特征，长双翅、执神伞、坐神椅，颇有呼风唤雨的大气势。

花鸟虫鱼等生活中常见的动植物，必然是苗女刺绣描绘的重要主题，苗女绣花针下的生物花鸟栩栩如生得似有呼吸，有着会开放会飞走般的生命力。

黔地偏远闭塞，与他族的联系通常有千仞山隔，倒是难得的商业流通、屯兵和流放移民给苗人带来外族气息。于是汉人的汉字在黔地存活下来就有了格外的情趣。特别是在苗女的刺绣花鸟人神和各种动物的造型上，常常会意外出现一两个或者一连串汉字，字形缺胳膊少腿的笔画不甚周全，字面甚至正反颠倒，还语句不通的让人猜测半天。历史上的苗族男女有几个人识得汉字？汉字出现在苗绣上与其说是字不如说是图案，文字转化为原本的象形意味，转化为吉祥如意的图案真的不坏！

制作使用年代太久的绣片绣衣总会残破，但原色渐失神却在的老绣，美感另类，反而格外迷人。

来去苗乡的多年中，记不得见到过多少让我心动的美妙刺绣，想得起的是当时的荷包不争气的干瘪，回忆中那种眼睁睁看着美好之物从我手上滑走，不为我所有的遗憾，现在想起来都心痛，都垂头丧气。

好在，我还是留住了些美得让人赞不绝口的精品。

当年不顾一切倾其所有，还不知未来买下的相当数量的刺绣会游走几万里，如今安然随我定居在苗人们去不到的新世界里。

卖了老绣片，苗女得的钱，却是她们半年一年的米粮油盐钱，家人孩子的看病上学钱。

黔地苗乡一定有了翻天覆地的变化！

我只是个偶然的过客，是黔地上空一片飘来又飘走的浮云，苗人却树一样山一般留在黔地，留在了我记忆中无法忘掉的地方。

2005.11.1

重写于澳大利亚悉尼

在侗苗山野间穿行

车开出小城时，朋友打开手机上的GPS，定下前往的地名，地图出现，夜色里我们和车同时陷入灰暗中。

小城郊外再看不见狗和人，满眼苍黄，不知是车还是车外的景在移动，昏暗路灯阴影处也见不到几间房屋。公路很快沿山势蜿蜒上下。

车开一阵，人开始疑惑：路咋越开越烂？

车上人都不熟此地路，相信导航仪应该是最可靠的，就按着它的指引开吧！

山势渐高，渐渐上升到群山巅上。看得见远处山洼转折点的民居灯光暗黄星星点点，车转过山头又进入还勉强辨认得出的更广阔的黑暗中。

公路不算窄但到处开挖又填补，路难行起来。导航仪指示直行的路段在整段改造，突见路已经开肠破肚，路中央手写的指示牌箭头却指向深不可测的黑暗处，车不得不按指示拐下去，拐得战战兢兢。路烂成这样还有前些天的雨做润滑剂，哪里敢有速度。车开进浅坑的感觉就像在坑洼多极的月球表面，车体突然落下减震器失效，身上的安全带勒得我冒汗，暗暗紧张。

照例说出了县城车该很快上高速公路的，不知怎么搞的，开好久也不见有指向去高速公路的路标。已经开过很长一段，掉头回去不现实了，只好硬着头皮继续开。

好容易见路边小店弱灯光还亮着，司机停车去问路。不料问回来说那人搞不清，车上其他人就焦躁：你咋去问女人家？女人哪里有方向感吗？那店里的女人在暗灯下忙活什么，她身后的男人并没站出来为我们这辆迷途的车指路。

我想其实无关女人有无方向感，北方女性恐怕就有指南针本能，南方男女大概属于方向感迷糊人群。再说整个现代中国交通发达得迅猛，大半辈子以走路为重要交通方式的人们，即使开车骑摩托，那种迷糊也是深入骨髓的。

司机再回去问店里那男人，打开车窗听那人含糊支吾，距离方向不清不楚地只说一直朝前开，到路岔口那里有个牌牌儿写得清楚，看见牌牌赶紧右拐就上高速了。最后声音不大补句话说：这是老公路，当然远嘛。

车上人拿起手机导航仪翻来翻去看，猜大概是没来得及升级，导航仪这个蠢东西就把我们引向老公路了。

在这条烂路已开出十多公里，掉头开回小县去上高速好像不值。算球，一直往前开就开，就当走回新路。

侗家桥头上木栏雕刻

寻常山寨山野景色

我是彻底的外乡客，更是两眼一抹黑的乡巴佬，识趣地在后座不吭一声。难得朋友们肯开车送我去苗寨已是天大恩典，车怎么开往哪里开，一切听任自然。我不插话多嘴还有点负疚，要不是急着送我去苗寨，哪里至于开这趟夜行车走上这条让人料想不到的贵州老山路？

出国二十多年中几乎年年有两三周回国看父母家人，要不就是跟什么文学活动有关，但从未回到黔地。人生中总有些伤感不愿触碰，再踏脚这块土地，我是需要屏住呼吸再长出一口大气的。不过一旦决定重回这个地方，很自然地入乡随俗，除自带一双可收缩的筷子，减少病从口入的可能外，其他一切随缘随意，能不给人添麻烦就尽量不添。

可无法控制的是我大脑疲惫的生物钟，行前在新西兰待过不短时间，飞回澳大利亚便有两小时时差，几天后再飞中国，时差合起来五小时，来了黔东南处于天天晚上睡不着，早晨又早醒的迷糊状态。

现在我不用开车，本来完全可以在后座上睡一会儿补补觉，眼睛却死活难闭。

朋友的车内部空间不算大，车屁股里塞满了朋友们的随身物品，没加捆绑的几件东西高过后座靠背直顶在我后脑上，每遇刹车或路面坑洼，颠簸惯性中那些物品就往前滑冲撞。那些物件迟早要飞滑出来添乱的感觉浓重。但夜已深，我不想叫停车来整理捆好这堆杂物，想着熬过这一阵，上了高速公路就平稳了。

歪斜着身子头抵车门眯睡几十分钟的愿望强烈，调整身姿，左手抓紧安全带，右手撑着座椅帮助身体坐得更稳些，用后脑顶住那些滑动的物件，心里自说不能睡不要睡。

大脑勉为其难半醒着，努力睁大眼盯住车灯光划出的外面世界看，人不觉还是渐渐进入奇妙的梦幻状态。

一只鸟掠过车灯光飘入黑暗前，嗖地变成一张花头巾。再睁眼，一道白影贴着车前窗轻浮飘落到路边电杆旁，眼角余光，影像幻化成了个半蹲老苗男。

车子失重飘浮，山树移动，我眼所到之处魔幻得很，我心说：这就是黔东南的本来面目。

被猛颠清醒几分钟，耳听开车朋友正在说狗日贵州哪个县都在修，不晓得要修成个啥样？老寨子拆得越来越少，老公路烂得不成样子也没人管。

“敢叫日月换新天”的恣妄狂放在这块土地上愈演愈烈，光彩大修城乡新画面的背景后面，却多是毫无历史文化眼光的土地爷们做主，土地爷们用表面风光的城镇新貌往自己脸上身上贴政绩金箔的代价，是中国传统文化以惊人速度在消失。回想到一路上越来越多的没有民族特色的城镇面貌，本来就稀罕的瞌睡立消。

清醒过来，朋友的手机导航仪倒貌似睡着般一声不吭，朋友边开车边哎哟哟惊叹：狗日的路咋这么弯？

路果真弯折猛烈，身子随车不由自主地偏倒就是证据。在我熟悉的澳大利亚新西兰类似老路不少，那是玩滑板喜欢开摩托车快车，热爱速度刺激的人的最爱，那些路段需要相当高的技巧才

一片老侗绣

能安全快速转弯。急弯小路衬出两位换着开车朋友的技术车感很好，速度动作控制得很是流畅，尤其在这样开不熟的老路上开夜车。

过去我一直以为朋友不会开车，此刻才晓得自己的小命交到了安全司机手上，我其实真可以放心睡一小觉的，当然——睡不着。

这趟夜行目的地，其实已是第二次了。

到达黔东南的头一天就是直接往那个苗乡去的。车先到县城，我大惊，记忆中简陋的小县城变化之剧，宛如老五分硬币变成立体百元新钞的那种剧变法。这张立体新钞上，粗细路纹与各种新楼新街热火朝天组成，夹插着密集如蜂的人群和车流。随后又发现，新城老少对本地历史几无记忆印象，仿佛从新画上走下来。

开车在这城里当然迷路，摇下车窗问街边商家过路人去老屯的路往哪边走。

被问者不是摇头说不晓得，就是东指西指告知要绕过几个城中花坛转盘再转弯。指点的人说得清楚，听的人迷糊，疑惑开着，新路边渐立老旧人家时，我们的车不知不觉就拐上条老路。新城市到那路前戛然而止，山丘路斜缓上行再拐，我不由得惊呼一声，沉睡记忆被火石刹那点亮——这就是去老屯那条路！

这上行路拐角曾给我留下深刻印象，在老破客车上听苗人聊天讲故事，那毙人刑场据说就在这拐角下面远处河滩岩脚边上。

我的座位正好在河滩侧，只不过今天的河滩已非原貌，枯水季节大片卵石铺盖的河滩完全消失，原地生出密密麻麻民居建筑楼群，从我的角度看，河道已被密集建筑挡得不见一线河面了。

直觉上来，想问那些楼里的居民们晓不晓得河滩刑场往事。信敬鬼神恐惧孤鬼游魂的悠久传统非几十年革命教育革除得了，再说这里是苗乡，但愿曾有鬼师做法安慰亡魂。

导航仪一路出错令人不敢相信它的神力，听信人指点上的路却是我正要找的老路。惊喜见老路基本原貌，刚开始还不解，过一阵就明白了。那刻我们停车在老公路边等待后面朋友的车开上来，左等右等不见他们人影，几个电话来回打几次，后面车里的朋友开始烦躁，说他们已快到老屯了，质问我们还躲在哪里闲耍。

指责半真半假我们也疑惑，难道他们会飞，飞越过我们车了？

停车的三岔路口上有群山里小学生要去县城上学，大概是在等过路的空车顺便载他们进城去。往城里去的拖拉机、小客车、轿车和摩托车不时开过，小面包车屁股上还真有农村客运字样，无奈个个挤满男女老少苗人。

抓住个年龄大点的男孩问是不是真有条新路？男孩点头，怪不得老路大致保存完好，原来是这个原因。曾经繁忙的老路因更近更新的路出现，落到被遗弃地步慢慢自灭。我印象中老路状况还是不错的，现在路面残破大小坑洼不断，无人护养的老路上车只能慢慢开。既然朋友的车已经快到老屯，我们不再傻等，往前开。

一再地惊喜，发现那个道班平房还在，还立在坡坎上！

乘坐破客车经过这道班房多次，见过司机兼邮递员从驾驶室甩上一捆报纸邮件的随意，道班屋里小孩冲出与狗争抢邮件报纸的画面生动如昨。

再开过几个弯道，猛然看见那苗人送客的寨口斜坡也还在：新鲜松枝穿扎的寨门前后，男女满脸喜色半醉相互劝酒，喝一杯在客人脸上盖个红色蓝色的太阳光芒木刻印，往日场景挥之不去。完全没想到道班老砖房、苗寨门与老路俱在。往日视为僻壤的黔东南城乡，也随大流到处拆拆拆，大拆之风强悍远超飓风，这不多的存活简直是奇迹。

记忆喷涌，心被重捏一把，血涌微微刺痛。

一路开开停停拍几张照片，转到老路结束与新公路交岔口回望，除了老路沿途苗人村寨必需用它外，其他过往车辆都弃老路转用新公路。那条通往施洞镇的水泥公路沿江几乎水平建成，少了翻山越岭的艰难，从县城到施洞距离也大大缩短，新路确实好。新路好但废弃老路不可思议，老路两边有那么多山寨苗人，他们要发展建设要与外面世界贸易交流，孩子们要去县里省里读书，青壮年苗族男女要去城里打工挣钱，进出都离不开那条老路。废弃的直接后果看来是撤销养路经费，为什么不适当拨点经费每年简单维护一下，老路还能再为当地苗人做老牛服务几十年呢！

离开老路上新公路开去老屯，假设蒙住双目把我空降于此，张开眼的我，绝对不会有重返旧地之感。老屯现在和内地汉族小

侗寨黄冈的人家在自家水塘屋前露台上晒麻

舞步般缠经线

镇没多大不同，公路边的新建筑、汉文标语口号、商店招牌路标、人们穿着打扮和汉人相差无几，要不是老屯苗女头上还有传统手工织头巾，高鬓上插银簪花，老屯村寨苗味稀薄所存不多，感觉蒙了。

苗老友正在回家的半路上，心里乱麻成团。不能想象在陌生无趣的地方等候故人归来是什么滋味。当下决定，还是随朋友们去附近的县乡里转转，等过几天再回来。

接下来的两三天随意在附近苗侗乡走动，车往熟悉不熟悉的路上开，见寨进寨，去路边小店吃粉，进寨去看人家捶糍粑杀猪。

在芭杷认识了一个叫云的侗族小女孩，喝光了自带的瓶装水找不到厕所，小姑娘的家看上去清爽，一问，她让我进屋去用她家的小洗手间。

小姑娘的父母在外地打工，她和爷爷奶奶住，她还让我上她家楼看四面风景，拍她家楼上好几丈长刚染的亮布。侗家和苗人一样爱用蓝靛，深紫色布湿漉漉的要慢慢风干。寨外田坎黄菜花中，公路银白色一角一弯。

云的小朋友是个胖胖的女孩，两人打开手机看她们自己录的寨里侗歌录像。央她们唱两首给我听听，两人小声合计一下，说她们自己都不是高音，是中间的声音，说寨里二十多岁的妇女主任唱得好。听不懂的侗语优美，两个小姑娘嗓子柔和清亮不带一点杂质。云的汉话流利，学校以前有侗语课现在只教汉文了。

继续在寨子里闲逛，几个老年妇女在阳光中剪纸做刺绣，老奶奶露出不大愿意我拍她的表情。收起相机跟那中年妇女过街去她家，看她家门后一大缸冒泡蓝靛水，沉静倒映出木窗花格影。她自说是寨里歌师，是教男女孩子们唱侗歌的人。想多问几句，她说只会讲一点点汉话，听不懂你在说啥。

寨当中有龙凤楼阁一座，看碑文是2010年翻修的，费用十万左右。

正东张西望，突然听到芦笙美妙响起。半山上的层层侗屋顶间有彩旗尖与芦笙声招摇平行移动。急了，不知哪里可以抄近路跑上去看，无方向感顺大路弯坡疾走，一个头跟我差不多高的男人并行时问他：坡上在搞啥？他说是送客，外寨的人来我们寨做客要回去了，寨里的人吹芦笙打彩旗送他们。我问哪条路是捷径？他说来不及了你就跟我一起走，到寨口看热闹。

气喘吁吁听他边走边说：你要是想听唱侗歌，跟我说，我帮你们安排，就是要出点钱给唱歌的人。

水泥大道弯到高处，那就是寨口，那些吹芦笙的、背挑担着礼物的侗人已经放下手上肩上的东西，人人红彤彤双手，两眼放光在寨口东奔西突，男女不论逮抱着谁就在脸上抓抹。几个穿新衣但发鬟偏散的女人，笑喘跑到我脚前积水洼里把红手弄湿，奔回去再抹他人红脸。大道上男女红脸花得一塌糊涂，过往车辆不敢开的慢行。长长短短的芦笙靠在路边田埂边，几个不想被涂花脸的男人半蹲在高坡上看热闹。那跟我一起上路来的男人也成花脸了，笑嘻嘻地加入抹脸的狂欢中。

站在路中人群间端相机拍照。当看客也紧张，怕人疯起来无

追到半山寨口，终于赶上了侗家人送客的狂欢高潮：放下芦笙、礼物的男男女女互相用土红抹花脸，快乐至极

脸花成这样

意中撞到我的相机。透过相机镜头见有人张开红掌朝我冲来，赶紧一手挡前同时高喊：莫抹我，我要拍照的哈。说过忍不住开始乱笑，问那个红脸小伙子这是啥习俗？小伙子答我们送客都这样开心，哪个脸上的红越多就说明人家都喜欢他。趁我不注意，还是抹一指头在我脸上。见我赶忙去擦，他说没事，弄点温水一洗就掉，是植物颜色。

那芦笙好听没得听全，遗憾。小伙子说寨里还有两姐妹回来做客也要走，送客的时候还会再吹芦笙。他顺手拿过一高过两米的巨大芦笙，鼓气吹两口，不成调子的簧片共鸣似男低音。小伙子问我从哪里来，犹豫一下，回说我从贵阳来。小伙子回答好玩，他说你原来是我们贵阳省的人哟！

寨里的风水树下有龙洞，龙洞深入山丘底部，洞口有几张淡黄色剪纸粘在石上飘着，是生病求愿纸。小伙子一一指点给我看，再领我去寨里。寨鼓楼前坐一大帮老男人，多数默不作声抽烟打量我几眼，两个抽叶子烟的老男人过来看我左右拍照，胆大的那位把眼睛贴在相机屏幕上要看照片。

几个醉人仰躺在两边长凳上。鼓楼深处是牛圈，老牛倌抓一把宽大绿叶配一把嫩青草，卷紧塞进牛嘴去。水牛眼神高冷，大舌头一卷一卷咀嚼享受人服侍。几个老男人围在牛倌身边看牛吃食。说是牛倌一个月也有几千元工钱呢，老牛倌就说我们的牛好得很，每次打架都打赢回来。

那陪我去寨口看人抹红脸的男人告诉我，早来一天就好了，早来一天看牛打架，好看得很，这次有几十头牛打架呢。我倒关心牛要是打输了咋办？他说我们寨的牛没输过，凶得很。其他寨子牵来的牛打输了，我们就打电话去那个寨子，说你们的牛不行哇，要不要我们帮你们杀了牛？要不然，我们帮你点钱，去买条好点的牛啊。调笑他们，那些寨子的人不生气的。

拿一盘自己拷的斗牛碟送我、抹我一指红的小伙子姓刘，约我下次再来寨子找他，又说他小时名字叫老赖现在改大名了。“五月五、六月六、七月七都是热闹时间，那时来看我们过节才好。”不过他说不清寨里下一趟送客的时辰，高低石墙石坎上坐等看热闹的人也摇头，好像没主事人。

不再犹豫不等待，下寨的那条小道其实就是捷径，可惜事先不知道没跑上来。谁料走下寨去，一回头，上寨芦笙送客又开始了，腿已走软，算了！

待上寨送客仪式完毕，下山来的侗族夫妻们多数骑摩托车出寨，下寨亲戚们拦住他们，疾跑进寨里小店，奔出来手上托一大盘二十四个鸡蛋，送给要走的亲戚。摩托车后已有用草把捆好的礼品鸡蛋鸡鸭，有杉树苗好大一捆。街上一群群年轻侗男，无所事事闲散着。还是女人忙，在扫地做饭做刺绣，四五个小男孩学着成年人打牌、玩手机。侗话腔调有点广西味，还没完全商业化的寨子里，对外来人不大反感的眼神通常温和。

繁杂的心不觉慢慢静下来，二十多年的时空隔着这片深爱过也被重伤过的地方。

新认识的一对朋友张、刘开车带我去黄冈寨。寨貌基本原味，有几幢新建筑间插但不过分起眼，占主要的老屋层叠沉郁。

侗家客人要带回家的礼物，用稻草捆成束的鸡蛋挑子

开心疯抹花脸结束，这客人发动自己的摩托车准备回家去

公路从寨中间穿过的寨子有五个鼓楼，一楼一个自然侗村，街边坪上到处挂着织布用的棉线，浆过的棉线趁有太阳好晒干。

从寨口的第一个自然村木桥去鼓楼，很老的一个男人就坐在木桥长凳上，面对我的镜头目光不涩无表情。拍了他再拍鼓楼回头看，他已拉直身体躺在长凳上睡午觉了。鼓楼里的牛圈空着，一堆捆绑成把的青草还堆在那里，木桥前的牛坪上血迹暗污没清洗干净，牛鼻绳高悬在鼓楼和旁边屋子空中。张说打架输的牛不会被杀，打架时逃跑的牛要杀——丢了寨子脸的牛下场真可怜。这么说来那位躺在鼓楼前的老男人很可能是失业的牛倌了？

走进好多寨子后，每个牛圈墙上都有长串人名列表，通常是三四个人一班负责每天提供给牛的粗细粮草。

侗寨里的粮仓建筑特别好看，长脚高屋甚至比人居建筑更有简略视觉美感。但环境卫生需要改善。

在寨子里拍照有点心惊，地貌斜坡，多水泥路也很窄，没有扶手栏杆，不小心滑下每家屋前的脏水塘里就惨了。塘里都是死水，绿苔厚重几乎覆盖大半水面，树枝大树干甚至汽车轮胎掉在水塘里也没人清理。

张和他女朋友一路嘻哈打闹，走在前面的张突然转身说胡老师快看！

朝他示意的方向看，不远处水塘边半人高的栏杆后，见老妇直起身子做提拉动作，当然是前后都是有围裙遮挡的。三人掉头赶快往回走，开玩笑说印象坏了，看见人在拉野屎。其实那不算野，而是固定的排泄地方，糟糕的是水塘就在一排人家屋前，水

准备唱侗歌的女孩和男孩们

里可能饲养鱼类生物，塘水也可能用来浇灌田地，其循环情况不堪深想。

眼尖的张又发现小道下面房旁靠路基的青冈木上有些蘑菇，好像是人培植的。正好有女人出屋来，问她卖不卖蘑菇。女人不会说汉话，旁边邻居会汉语的就帮着翻译说价。女人用小刀割下放进小塑料筐，不大的蘑菇十来朵，六元钱成交。屋后的邻居见了也要卖，她家也种了蘑菇数量还多点，十元。样子不好看的菌子据说是香菇。

寨里仅有一家小粉店，每人一碗粉，味道很差。张不许我付钱，说他是地主还是他请客。往回走时，鼓坪上几个侗女默契地将晒干的棉线拉直再缠到转轴线框上，动作轻盈准确没有多余手脚。

不知怎么，走到著名小黄寨里的外省人张，已经私人买下几处侗屋打算开青年旅店。旅店外观完全是民居样子，正在装修，只是没带钥匙进不去。到底是在外面世界打拼过多年的人，说起来对旅店生意有靠谱想法，他跟寨里一当地的旅店老板是好朋友，但说起商业理念来，当地朋友不认账听不进，说我们就这么开店，有口饭吃就行了。张摇头，说那男人太犟。

进小黄寨，寨里乱成一团，老鼓楼对面的两层水泥砖房不知为什么又要拆，几个人也不戴安全帽安全带，直接就站在已近去掉屋顶的二楼单砖墙上，抡起大锤狠砸自己脚下的墙，下面还有人在清理钢筋，灰尘漫天。

不知什么时候张站在一家粉店门口抽烟，说已经吃了半碗粉，好吃得很，他每天都要来吃的，于是都坐下每人再点一碗吃起来。张说这粉比黄冈寨的好吃多了。

想想明天就要跟这帮朋友分手，晚饭总该有点酒，问过只有小黄寨子里有卖的。走去走错路再拐上正道，头一家小店没啤酒卖。在店里跟人聊天的女人热心领我去另一家店，问了价就买了一箱，没想到抱出来的非听装而是瓶装，那么重还有好长一段路搬不动，看女人还笑眯眯站在一旁，请她帮我搬回旅店。

抱起啤酒箱轻松跟我走的女人健谈，说远嫁到广州农村都二十多年了，生了两女一男三个娃娃，这是回来看家人的。走到旅店楼下给她点劳力钱，女人高兴地表示她哥家就在隔壁，有空过来耍。

见我上楼旅店人惊呼，夸我厉害负重还走那么远的路。赶快解释是找人力帮助，我哪有这么厉害啊，几个人更笑说还是厉害，还晓得找人帮手。

旅店老板娘早晨按我要求买回土鸡鸭和蔬菜，老板已在厨房里烹制晚餐，拉她一边结账付钱，叮嘱晚饭时把张、刘叫来一起吃。

与大修得乱糟糟的小黄寨比，冷清季节里的旅游点占里寨依然有好几拨游客。包括头天晚上在小黄侗歌表演时遇见的几个法国人。鼓楼演唱据说是一帮上海游客定下的，一领头模样的老男人转悠过来逐一问他不认识的人从哪里来，要不要交点钱一起听侗歌。问遍所有不是他们旅游团的人，有人就真交十元钱就坐进鼓楼去听，有的人就想打酱油听几分钟就走，不愿交钱。演唱开

占里寨的水系及农作物晾晒架子

溪水里的圈养鸭群

始，老男人在鼓楼里转悠，发现没给他钱的人就硬把人赶出鼓楼去。好笑的是鼓楼四面无墙，人站在门槛和围栏外照样可听可拍照，老男人肝火旺顾不得听歌，使劲踮高脚尖想用自己的身体挡住围观者的视线和相机镜头。场面很是滑稽。

占里寨做得最好的是水流管理。绕寨子左边的溪水有水泥岸墙大致规划，沿水流边两溜的谷物晒挂高木架蛮好看，自成风景。寨民在溪水边有小型自家鸭圈，铁丝围栏简单拦住，鸭子在浅水里嘎嘎撒欢吃水里生物。寨子民居在水右侧，整体环境比较干净。

胡乱走一阵，不觉渐上行到寨中央鼓楼，注意到有一群人拍照录像，像是在等待什么。围鼓楼转几圈，转到鼓楼左面几块大石头堆砌成的桌旁站住，桌边缘一排放了九个木酒杯，还是汉装的老男人正独自在桌前念念有词。好奇看一会儿，过来胡子拉碴老男人，提来锈老猎枪一杆、锈刀一把放在酒杯两侧，赶紧拍照。等老男人停下念词收拾石桌上卦，赶紧提问。老男人说是祭祖，等下要杀猪祭祖。

没想到闯进寨子还碰上祭祖活动，当然要等看。贵州少数民族地方传统风俗活动对我等外人来说，碰上就要等不然就错过了。那群等着拍照录像的人显然事先得到通知晓得下一步会有什么发生，那中年美国男人会说几句中文，可能是导演或节目主持人，女翻译围着他转。另一个年轻美国女孩子和一亚洲男人较安静地坐在鼓楼里烤火，跟她聊几句，说是为国家地理拍纪录片。拿录像机的男人看上去有东南亚基因，头发染得半黄，胖且粗

大石板祭台上的酒杯、老猎枪和祭师

野，见我拍那石桌祭祀台他也过来开拍，粗暴地一把把鬼师留在石桌上的一卷衣服划拉到地上，再踢到祭祀台下，不管也不问是否犯禁。

天冷越发饿了，寨子里没见有小食店也没厕所，估摸不会马上就杀猪还要等好一阵。抽空跑下鼓楼坪，见左面密集传统侗屋群中有幢很新的楼，屋之间密集到最多只剩半米空间的新楼居然下面藏有小店，就两个货架，大半空着。

问小店门口忙着绣花的年轻侗女，能不能借用一下她的厕所？她爽快示意我上二楼去，那自来水很大的蹲式厕所干净。下楼来从她店里实在找不到可买的东西就买了两小包花生垫饥。

很不理解侗苗寨都爱的这种过于亲密的民居建筑法，小店挤在下面毫无现代门面的市场意味，谁都看不见的商店，做的只是本寨人的小买卖吧。

鼓楼右边几位妇女打粑，糯米黏稠得厉害，看热闹的游客忍不住也要打粑玩，有侗女端一盆糖水粑热情招呼我吃一口，自觉手很脏但真饿，别无选择，用三根手指捞扯起来一小团，很凉但好吃，手指黏糊糊的却不敢放进嘴里吮吸干净。

惨叫的大白猪被几个男人从半坡道路上的拖拉机上拉下来，拉到鼓楼边。男人们熟练又小心地把绳套进猪上颚，迅速两圈捆住整个猪嘴。再用绳子把猪四肢两对捆再捆成一团，猪彻底失去嚎叫能力更无走动逃跑可能，一堆活肉躺在鼓坪上不能动弹。有人拿来杠杆把猪抬起来称，重达两百六十斤。

主事的是个二十出头的小伙子，穿着时髦，有股利落狠劲。

侗女端一盆拌好糖水的凉糍粑，热情邀我：吃啊！

打糍粑

他指挥众人把猪抬到祭祀台上，猪头露出台外，人拿来塑料盆放在台下，杀猪老男人比画几下，一刀，血喷入盆。继而又拿来一把草塞入血口不让血再淌。死猪被拉下祭祀台后，括约肌立刻失控，一大泡尿清水般淌出，好久不断。

看得有些不忍，掉头往寨子深处去，绕来绕去有点转糊涂了。

顺溪水走到寨下面正欲回转，一抬头，那帮拍录像的人在坡上，青烟滚滚。赶快找路爬上去，迎面那座插满纸旗的老墓地很大，前后的路很窄。几个侗人已经把猪弄到这里来，细柴草一把把撒在猪身上，烧了这面烧那面，通体一一烧过，再用刀把烧黑的猪皮重刮回黄白色来，清洗干净。

剖开猪腹，有人用大碗舀出好几盆猪血来，说是要拌上别的食物祭祖时吃。又摘砍下几大把硬蕨细秆放在拖拉机车厢里，被告知是用来串猪肉用的，寨子里有170户人家，祭祖杀的猪按户分，每户一串猪肉。又得知猪是侗人家养的，养到肥大由寨里出钱买下，猪肉分给寨民，猪头祭祖。

那群录像的男女在不紧不慢拍录，唯那黄毛男闲得无聊，看转来转去等食的狗不顺眼。黔东南的狗模样通常难看但很温和，外人进寨子它们都不吠叫龇牙，倒是黄毛男疯，被他一通跺脚追撵四处奔逃，只敢远远愤嚎几声，这些狗怎么没一点狼血性？

杀猪场面无疑血腥了点，没机会看到更大型的祭祖仪式，如屠牛，据说场面更烈。但工业化之前的民俗传统就是如此，寨子里男人负责了结牲命完成取悦祖宗、安慰自己族属的大事。

祭品大肥猪，被车运来再赶上鼓坪，几条侗汉动作熟练配合完成杀祭牲系列动作

侗族传统鼓楼上，现代汉字匾牌下，这位侗男在旁观杀牲

见占里寨侗人摘了大把硬蕨枝细杆放在拖拉机上，原来是用来串猪肉用的，寨子里共170户人家，每家要分一串猪肉。猪肉串上，新鲜蕨枝绿叶仍在

几天的降温，通常不大怕冷的我也穿上了羽绒夹克，穿上就脱不下来，最冷那天竟到零摄氏度。时差加冷睡不好，日日早起，坐在旅店面路的凉厅凉凳上写几个字看看风景，这件在澳大利亚几乎用不上的羽绒夹克，助我熬过了黔山春末的冷风天气。

温和的那天，车拐上了去清凉小河边的路，小寨子渡口大树婆娑，竹林茂密，看得见碗口粗参差竹笋。卵石滩上渔网晾在竹架上，风来吹倒也无人在意。几条老木船结伴停泊，无人的船中有半船舱鸭苗，毛乎乎像是一个模子倒出来的生物。再细看又只只面相不同。把手伸向它们，嫩鸭小扁嘴争先恐后在我手心上啄啄，看我掌心里是不是有可吃的东西。

河岸边废弃船舱板上有两个小女孩在插野花玩，见我相机镜头对准她们，小女孩做出流行的剪刀手势朝我微笑。

渔人留在水中网兜里的两三斤野鱼被同行朋友买下，一群人挤在河边码头剖洗净鱼，带着随后找到一家路边小食店帮我们热辣煮一锅下肚。

那几天日子过得简单随意，有Wi-Fi的地方，手机微信的山外摩登世界吃喝玩乐信息众多，新闻有限，没有网络的山野就日出而作日落而息。几天野转山，人不觉也活得半是青山绿水，早起看看天，就差蓝天了。

电脑电视公路改变黔山苗侗面貌，新城镇新楼房越多，传统地道民俗文化就消失得越快，消失的速度超过保护意识的顽固存在。现代文明带给人类无数好处的事实不争，黔少数民族文化美丽精彩又无比脆弱，一旦失去天然地理屏障进入很不完美的商业

小河上无人船舱里的鸭苗

小黄寨里到处在建设

旋涡，完整留下深层文化记忆归属感的可能性小之又小。

这趟行程一开头就不得不随意乱走，日行夜奔，一个未更新的导航仪引我前去的老路错路和新路，给了我不同的时空夜色中怀旧思考的机会。这是块缓冲带，让我再次深呼吸，面对黔山黔人文化人性新旧更替的沧海巨变。

在夜车后座里，半睡半醒，静默胡思乱想。

老路终于走到出口了，路边指向高速公路的牌子不大，车再几拐上了荒山顶，陡然，下面的高速公路灯火辉煌。一旦上了高速，半夜来往车辆不多时，速度却有变慢的错觉，视觉环境单一让开车的朋友生出睡意来，急呼大家找话来说醒人呵！我喉头干涩，张嘴冒出的声音变腔变调，也许是紧张，也可能感冒了。

离开高速公路出口开上去台江县城的路已是深夜，这次导航仪上果真现出去施洞有新老两条路线。开上新路沿途通畅无车，开到老屯街上，方向感很差的我不知为什么记得老屯岩脚寨张姐家的大概位置，我说还没到，再往前开。

车慢慢从寨头开到寨尾，还很新的家居楼前，对面的学校大门口路灯亮着，头缠施洞苗女红头巾的张姐接到我们电话下楼来，双手插进大衣口袋微笑站在路边。

跳下车，禁不住先给张姐一个大大的拥抱，隔了二十多年时空的拥抱，很实在的厚厚的温暖。

九摆招龙节

尽管出入黔东南多次，苗族于我依然神秘。

还是最近才第一次参与苗家吃鼓藏系列中的招龙节。台江县的排羊乡九摆寨，以前该是远近绕过，竟不知为什么没去过。临时起意的大半天行程，一切皆不在计划中，见闻短暂，庆幸因山高，还存不少传统文化细胞。

偶遇安红

九摆招龙节于我完全是意外，出入苗乡信息并不灵通的缘故。

那天在施洞分头行动的朋友晃悠悠在施洞镇街上乱走，无意中走到河湾苗学研究院门前，恰巧馆主安红正开门要进。早晚几分钟都会错过的机遇，朋友得以参观了安红偌大的苗馆藏，还听她说排羊九摆寨十三年一次的鼓藏招龙节明天将举行。朋友晓得我这次来苗乡就是要看各种苗事情，便急吼吼打我手机，无人接听只好再留言。可我在人山人海到处高音喇叭的施洞河滩集市上拍照拍疯了，哪里听得见手机昆虫般鸣哨？

直到下午回到住地两人会合，朋友道出的招龙节消息立马激动了我，恨不能连夜就赶去九摆。我到贵州苗地那么多次，还从未有机会眼见参与鼓藏节系列活动。当晚决定第二天要赶去九摆，请当地朋友帮我们包下寨里苗人的面包车，说好七点就出发，一大早就把我们送去排羊乡九摆寨。

睡不着觉，想起台江县的排羊乡我曾去过，但具体去了哪些村寨又是怎么去的记忆不清，那年头还没仔细做笔记的习惯，偶尔记几笔也言语不详，时间又过去二十多年，记性本来就差的我虽然自谅，真实心情还是后悔的多。

去苗乡乱走总是艰难，能搭客车便车已是幸运，真要去苗寨还得靠自己走路，走来走去的记忆实在是没有多少兴味。

车主就住在隔壁，七点准时出发上路时天还没亮，黑黝黝天色中好几拨从远处寨子来上学的苗族孩子顺公路走来，车灯晃照下他们的脸上多带笑，学校在小镇上，不喜欢学校的孩子总是少数吧。

车开得平稳，贵州公路近年来通达的地方越来越多，路质量大多不错，虽然开挖扩修的烂路段也不少。路况好飞车，遇到烂路小心慢行，快慢中两小时就开到九摆苗寨了。司机把车停在路边去找他的当地朋友玩等我们，包车一天这车随我们支配。

安红的微信名叫“行走在山里”，这是位专注于苗文化研究记录者的贵州女性。常年在苗山里收集采风，大量记录了正面临迅速消失的传统苗文化，非常值得称赞

寨头鼓坪高出公路，用青石块砌成的墙基非常美，鼓坪四周环建的木鼓亭线条参差。有木料的天然美感，下车就兴奋跑上鼓坪。坪面用小石头拙趣拼出龙、花等图案，色彩浅灰的雅致，可鼓坪上除我外还有两只鸡一条狗在东啄西望，毫无想象中挤满苗族男女吹笙踩鼓看热闹。场景，一点没有要过盛大节日的意思。

幸好朋友留存有安红的手机号码，可以问到底是怎么回事。

头天晚上她已从施洞镇赶来排羊乡九摆寨了。得知安红不仅是苗裔，更是立志于研究，要真实记录苗传统节日习俗活动，要全程拍录整个过程的珍惜苗人文化的有志实干家。

电话打通，那头的声音说：招龙节是在上寨，你们赶快上来！

抬头看，上寨高石墙巍然，有山上古城堡气势，大树苍郁，小彩旗飘飘，墙头上有人在朝下看，估计那就是安红。

去上寨有两条路，缓绕的水泥大道较慢，我选择走紧贴山体高墙的之字陡路，气喘腿会累，但上去快很多。

爬上鼓坪，那戴紫红帽子的人果然是安红，她咧嘴一笑表扬我走得快。一身野外装备行头的安红，背了个同一类型的相机包，是那种从外面打不开，很安全的特殊相机包。我想，我们是同一路人。

虽是第一次见到安红，但回国前在网上搜寻苗人资料时已读到一点有关安红和她的苗学研究院的信息。佩服有这样对苗文化真切关注的苗寨民间研究者，能为之倾其所有地投入付出。只可惜那天在九摆只有大半天时间，她忙着录像我忙着拍照观察，我们没时间坐下细聊交流。

到上寨，才深切体会到苗乡侗乡村寨的自然属性特色。一个寨子分上寨下寨是稀松平常事，顺应自然地理位置的上下寨里还包含姓氏家族群关系，所谓自然寨的内容丰富得很。当然，像我这样的外族外来人是不知其中奥妙的，如同我到了九摆要是没有安红指点，就算站在下寨也不知招龙节就在近在咫尺的上寨，更不知上下寨苗人各过各的传统节日，上寨鼓藏节招龙节在中国和贵州再有名再热闹，下寨苗人也是不参与不过这个节的。

今天的黔地交通极大便利，手机普及，苗寨里电视天线林立，资讯似乎发达。但真想深入了解苗人风俗情况时却往往混沌，网络上能查到的有用资料极少，满眼商业信息横流。手机虽然普及但也未必能助我多少，倒是利用手机诈骗的案例越来越多，没熟人介绍冒失给谁电话，对方反应严重怀疑是自然，再说，谁会愿与陌生人在电话上深谈？施洞与排羊的地理位置并不算远，可排羊九摆寨的招龙节，施洞的苗朋友就是不知道。碰到安红很幸运，让我有可能随过节的苗人一行大半程拍摄种种招龙节图片，避开成为傻乎乎路人甲的可能。

贵州大山天然屏障被新世纪交通重新划分版图后，游客行走节奏似乎加速了很多，深藏的不定数，却左右了这个苗家重要仪式与我之间的时空距离。

节日捐款

一寨一鼓的九摆上寨苗鼓头，用汉话翻译，便是苗家十三年一次的祭祖大典最重要的祭祀主持人。进上寨不久，安红就熟门熟路去鼓头家，我们也相跟而去。

这是个干净明亮的苗家，从外寨请来的鬼师正和鼓头在吃老腊肉喝泡酒，商议上山请鼓的具体事宜。进鼓头家门立刻注意到木墙上有个大镜框，鼓头西装领带微笑的大头标准像背景居然是天安门城楼。好玩的是照片拍摄风格几乎是中国近代领袖标准像拍摄手法，这张照片因此有了苗人大概不知道的后现代艺术风格，同时又很有苗家人间烟火气。

鼓头在墙上笑眯眯地注视着屋里的一切，活生生的鼓头自己和其他人对墙上的标准像熟视无睹。

熟知苗家习俗的安红提前告诉我们，她会捐两百元钱给上寨招龙节，外客的我们愿捐当然好，但请随意。所以待安红捐后我们也各捐一百元表示心意。

鼓头收下捐款道谢，拿出小本子要我们写下自己的名字和捐款数。

“收到捐款是要公示账目贴出来的。”鼓头如是说。

爬上上寨，在鼓坪旁的人家墙上就已经看到好些张红纸公示，汉文书写的捐款名字好几长串，家家苗人都捐的。不仅寨里苗人捐，乡镇地方政府机构也捐，奇特的是有张捐款公示上，还有一位留名“司机”的捐款人。

从鼓头家窗户望出去，能看到九摆上寨的鼓坪和那清代建造、据说是中国苗寨唯一的鼓亭。

九摆下寨美丽但冷清的鼓坪

贵州山高石头多，苗人用石头做建筑材料用得很巧，这是下寨鼓坪的石基

下寨鼓坪地面上用卵石拼出的动物图案

九摆招龙节接受各路人士的捐款公示，反衬出山外现代社会的影响，这些捐款不会只花在招待各种领导吃喝上，也专款专用招龙节，保证每户苗人都能分到一份肉，领导们想吃喝，欢迎，一起来同乐。

说话间鼓头带我们去隔壁他的亲戚家，大锅肉已经煮好，鬼师和主人家男男女女一大帮人围在炭火熊熊的锅边，在肉汤翻滚热气蒸腾的大锅里拈熟猪肉吃，我们也坐下。男女苗人热情，晓得我们也要跟着上山，说上山没得吃的，要走好远的路，劝客吃饭多吃一点。苗家饭菜很实在，大坨肉大锅汤，每人一大碗辣子加盐和葱花就是调料。

苗族男女各坐一边，我身边头戴绢花的年轻媳妇健康活泼，一笑一口白牙，忍不住放下碗抬起相机拍她。待拍完照，发现自己碗里多了一大块猪肝。后来爬那么高的山到藏鼓洞附近，也没被饿得头晕眼花，才晓得真要感谢出门前吃的那块煎糯米夹腊肉以及到九摆吃的这小碗米饭猪肝两块猪肉，没这点能量垫底，我哪里爬得上那么高的山？

鼓头家地势很高，在寨的最高处。从他家的窗口看出去，远处青山叠嶂，湾湾梯田风景树，附近的苗居青灰瓦屋顶一直延伸到右前方的鼓坪鼓楼，景色清丽尽收眼底。

苗家“3个120”

我眼尖，常常注意到一些他人未必关注的东西。

那张九摆上寨招龙踩鼓节的汉文公约扑入我眼，纸张红色半褪，那由浓写到淡的墨字汉地少见，尽管公约开头还是免不了现代政治八股文风。

我感兴趣的是第二到六条公约，公约是用汉文书写的，于我毫无阅读障碍。

这纸招龙节公约关键条款如是说：

二：注意防火防盗安全，火警一次罚款2000元。钻家入宅偷盗每次罚款3个120（即120斤酒，120斤米，120斤肉）。

三：对酗酒闹事扰乱踩鼓活动秩序罚款5000元，发生个人打架斗殴双方各罚1200元，打群架双方各罚3000元。

四：对流氓行为发生不正当的男女关系，败坏我寨声誉的双方各罚3个120（即120斤酒，120斤米，120斤肉）。

五：村内十八周岁以上人员破坏（损坏）我寨鼓楼设施及踩鼓场（包括拉屎拉尿在内的）罚款3个120（即120斤酒，120斤米，120斤肉）。

六：有人对寨上的风景树发现砍去或削树皮树枝，整死风景树的罚款12000元。

以上公约如有违反的一律严惩，情节严重的交给公安机关处理。

公约落款是九摆上寨鼓藏组委会，组委会名称有强烈现代官方意味，公约细节却是地道的苗家文化特色。

苗乡苗节日里如发生盗窃及不正当男女关系和破坏行为，苗文化传统的罚法方式可称为3个120的酒、米、肉和金钱。在今日汉地城乡那些巨贪巨权者眼中，这种3个120的惩罚数字会被他们视为笑话。可走到九摆苗乡，见到这种有千百年生命力的乡规民约我却震撼，有序有规矩约束下的社会结构运转，古朴得令人起敬。

过去陆续读过一点苗族史和苗族文化报告，多少知道一点，记忆中古苗文化一直活着的乡规民约此时生动起来，九摆上寨招龙节公约中的3个120法规，激活的不仅仅是我阅读后淡忘的苗记忆。

走山路

藏鼓洞在哪里？问不出详细内容，只能跟着请鼓的队伍往高山走去。

从鼓头家起步队伍就一直是上坡。真正的山路，窄到牛羊蹄子好走，人不小心就要摔跤的山路。止不住走路左看右看的习惯，我爱看好风景，没法子专心走路。

走了很久，山势高陡，视线转到脚边往下看，山脚的下寨上寨人家屋顶，被蓝色烟雾淡化缩小，风水树冬水田在山湾上块块如镜亮天光，跟远近山一起变成精美巨大沙盘，气势好看到有点令人不安来。

一直走在请鼓队伍最前面的我，起步时就自觉老到地把大

扛着有根泥青竹出发上路

一路吹着芦笙上行

青铜鼓实际上已经在鼓头家藏着，此时，抬着敲着铜鼓上山去“请鼓”，其实是仪式，是十三年一次鼓藏节重要的仪式程序之一

相机装在背包里，不敢像在平地上行走那样把相机挂在脖子上晃荡。手机揣在兜里，有特色景物时拿出来拍几张。拍前看清左右环境，站稳后再拍。拍过立刻收好手机，山路陡到我不敢大意的程度，走到山风来身体偶尔一晃，开始觉得有点饿也有些渴了。

忘记从一开始就看手表，不知已走过到底有多远的路，我想至少大半山路已经走过了吧？走到山上那块小平地上坐下，等待我后面的迎鼓队伍上来。突然发现生出孤独感，依稀顿悟到现代长跑或自行车等长途越野赛的团队行动意味着什么。那些团队中不断替换的领跑者的独孤艰难，是给最后胜利者的导向牺牲。也突然意识到鼓藏招龙节的集体行为，实际上是苗传统文化最要紧的结构组成，这样的社会结构才能够完美捆绑延续至今。

突然就不想再往上走了。山路陡峭，担心滑脚摔跤，几年前背着大相机在澳大利亚滑雪时心不在焉惨摔过一次，教训深刻，这次行程特地穿来登山走烂路的坚固好鞋，但走上这样陡峭滑溜的山路，心生怯意了。再往上行，估计路会更加险峻。

迎鼓的老少苗人陆续走上来，经过我身边时笑嘻嘻夸我：你走得好快哟！赞叹过后接着告诉我，再走几步就到藏鼓洞了！

苗人说的几步路当然不真就是几步路，望不到的山顶，藏鼓洞不知在哪里，我没说不想再走的私人原因，只说走不动了。

扛旗背鼓吹芦笙、提着鸭子公鸡牵着小男孩的老少男人们，一拨拨从我身边走过。鼓头用新砍断的树枝把现成小路封了，领头拐上条更陡的我完全看不出路的小路继续上行，迎鼓队伍人龙随着他消失在丛林里，话声隐约减弱直到消失，山野空旷起来。

青山小道上，青竹与两旁茂密植被融为一体

最后走上来的四五个年轻苗男，停下劝我走完最后这段路，他们说只剩一里多山路，真不远了。打动我的是他们说，到上面还有更好玩的活动。

想想也真是，既然大半截山路我都走在最前面，比那几位当地县里乡里来的摄影人还走得快，就这么放弃确实不该，心一横，自己多加小心，走！

我跟小伙子说，谁帮我背这个包我就跟你们走。几个小伙子嘻嘻答应。取出尼康大相机还是挂在自己肩膀上，但脱下几天都穿不离身的羽绒夹克塞进包去，没包在背上磕磕绊绊碍事，重负虽然还在自己身上但心里轻松了一点。我说你们在前面走，我跟着。

苗小伙子们个个时髦都有手机，走一段路就要停下合张影，最后一张我说让我来拍，帮我背包的小伙子跑过来把他的手机递给我。拍完照一弯腰，发现路边草上有皱巴巴一张二十元钞票，举起喊一声谁丢钱了？小伙子们自摸自己的衣裤口袋，是那位帮我背包小伙子的钱，他掏手机拍照时不小心带出的。

我的直觉没错的，最后这段山路是临时刚开的，在七八十度陡的山体上，前行的苗人一路砍断小树开出新道。山陡泥土松软滑溜，要人互相拉扯，踩住小树残桩稳住身体才爬得上去。这样的山路让我记起以前读过的苗族大歌，大歌里有个经常出现的形容词嗖地跳出脑海：披荆斩棘。

苗祖先就是这么披荆斩棘来到贵州深山，定居下来，一鼓一宗族地铭记着。

鼓俨然是这支苗血脉的神秘象征，藏鼓洞深藏于如此高山上，这么崎岖的山路要让后人来爬，真意，我猜就是勿忘两字，祖先们的提醒吧。

在藏鼓洞附近祭祖

随上寨苗人终于爬上一块高地，请鼓苗人是从鼓头家里把铜鼓背上山来，再请鼓请祖先一同下山去参加节日的。为什么不把鼓真藏在山洞里？他们自有深刻的理由我不得而知。

这是片杂木林中山上的小坪地，坪上东一处西一处生长着簇竹。坪上密集能站二十来个人，其余人就只好高高低低站坐在斜坡上。上山来请鼓时，九摆苗人队伍中扛背来的有根有泥土的长长青竹，此时已挖坑种在群竹中。那鬼师念念有词，将一杆杆白纸小旗和纸花环插在这棵新竹四围。坪上老竹显然是过去仪式中分别种下的，苗人祖先接受后人祭祀的语言明快青葱，枝叶茂盛。

寨老单纯一声声敲鼓，用木桶在铜鼓后做回音传送。芦笙手们挤围站在铜鼓边热烈吹奏，但很奇怪芦笙呜呜不成调，发出的音色更像蜜蜂群的嗡嗡嗡轰鸣。

上山来请鼓的全是上寨老少男苗人，绝大部分人穿了传统的深紫黑色对襟苗衣，有几位还扎戴了银饰布腰带。

可仪式中最重要的人物鬼师还是一身汉装打扮，甚至没穿那种已经在当地可以买到的小批量生产的苗衣。

藏鼓洞在这个山顶秘密地方不予示人，九摆上寨苗人站住，开始神秘庄重的仪式

所有芦笙开始吹奏，却不成调子

扛上山来的青竹已经栽种，鼓头接过鬼师手上的剪纸，围绕青竹一一插好

上山来请鼓的老少苗男，围观鬼师鼓头主持的仪式

上山请鼓出发前，是苗裔又是苗文化研究者的安红提醒游说鬼师，要他哪怕是借一件苗衣来穿也好，请鼓这么庄严的事，不穿自己民族服装不好吧？鼓头和其他几个背鼓提鸡鸭的苗人依言都换了崭新苗衣来，就是鬼师还是那身汉装打扮。打算全程录像记录的安红犟不过也奈何不得他。

坪上众苗人静听寨老一声声敲鼓，耐心敲一阵换个人继续敲，芦笙还是那样呜咽吹得起劲，鬼师苗语念咒插旗。鼓声芦笙和巫词召唤应答中，时间静止缓慢下来，神回到蛮荒远古。

凝神呆看，静静拍照，转身发现鬼师颂词完人已不见，一问，人说是他到陡坡下那个有神庙的坡间，行杀鸡祭祖仪式去了。

赶紧要回我的相机背包把相机装好，急急跟着滑溜下到那坡去。下山路更觉陡滑，上山时砍出的坡体上留下很多小树尖桩，滑下去手脚被划破是小事，要是一屁股坐到尖桩上，结果不敢想象。格外小心地抓扯身边树干往下半滑半走，滑两跤，坐了半裤子黄泥。

鬼师果然已经在用树枝竹叶搭成的祭祀台上摆了六个土碗，三碗泡酒，一碗插着百元人民币的生米，一碗鸡血，一碗鸡心肝与三只米饭团和拔净鸡毛的白净公鸡。面朝藏鼓洞上方，鬼师手持竹卦，苗颂词歌般出于口，开始祭祀。

词颂毕，鼓头将一小点鸡血内脏泡酒献给祖先，那是三块石头砌成、石顶上有三簇公鸡毛的小神庙，鼓头撒食于两边插着白纸旗黄表纸香的石庙前。一路背鼓上山来的中年男人拿过公鸡砍

山头空地不大，男人们站坐地方有限

青铜鼓后空，用木桶接送鼓声

芦笙手们神情肃穆吹奏，我注意到他们的吹奏无调，难道是以这样特殊的语言告示祖先？

遗憾的是在外来文化风尚影响下，连请鼓这么庄重的仪式上，也有半数寨里苗男没穿传统苗装

鬼师在神庙旁用青竹树枝搭成、摆满供品的祭祀台旁念长长的祭祀词

用鲜竹树枝搭成的祭祀供品台上，米碗里的百元大钞卷立

祭祀仪式完毕，立刻在旁边将祭祀用鸡斩块煮熟，众人分食

祭祀仪式完成，祭物鸡砍成大块，点火快速煮好一大锅汤，参加请鼓的苗人争相舀起一点汤肉吃喝下

成块，丢进大火汤锅沸腾滚煮。山上众苗男已陆续下来，在汤锅附近围成松散一圈。等火苗撩过烟散尽，苗男们争先用特意背上山来的土碗舀一点鸡汤鸡肉吃喝下去。

“你也来吃一点！”有苗男端过鸡汤土碗给我，“吃点你今年会有好运。”

我反问：“外乡人也一样？”他肯定地点头。

就他手，我抿了一小口鸡汤，汤很稠很香，一点不像才煮十几分钟的结果。

祖宗保佑，信者灵，苗人虔诚皆信。

拦路酒

我非真正的人类学者，并未真按人类学田野考察规则那般仔细认真准确记录所见的全部活动细节。还自我原谅我非苗裔，不亦步亦趋按招龙节仪式行动。爬上山，拍了很多照片，又喝了祭祀鸡汤，我决定抱歉先走一步，走到前面拍照更方便。按安红告知的本地传统请鼓规矩，此时的请鼓队伍下山必须由那只鼻孔上系绳的鸭子引路下山，人是不得走在鸭子前面的。

这么做的还有好几位本县摄影者，我随他们快速往山下赶。

熟路下山要快捷得多，还是一路小心走，一点不敢大意。

远望寨后那片极美而高大的风水树，传统苗寨爱惜它们到极点。

收回视线，接近风水树龙山的山腰小路上，寨子苗女的拦路

请鼓下山的人要经过长长的敬酒女人队列，山路狭窄，没人能逃过清冽热情的泡酒

喝汤吃肉背着孩子的年轻苗女们也在敬酒队伍里

自酿泡酒满装果汁瓶，苗大妈手上的酒碗很大

可爱的苗女孩一个比一个小

被拦住喝一大口酒的客人

酒队伍盛开山花般弯曲堵住了好长好长的山道。身穿黑苗上衣，衣襟袖上红花绿叶绚丽花边明快，九摆苗女还爱鬟上戴大朵绢花，漂漂亮亮装扮好等待请鼓下山的苗男们。她们的小女儿们也穿上美衣，紧跟在母亲祖母姐姐们身边，学习观看成年女人如何敬酒的礼仪。

一个挨一个的成年苗女一手端酒碗，另一手持瓶装酒的阵仗吓得我不轻，真与这几十位敬酒苗女一一过招，哪怕每碗酒仅仅是湿唇，不出五步我肯定要醉倒在地。在半山上提前想好了如何应对：

道谢但声称不会喝酒，再说要拍照，喝酒了就对不清焦距。遇到实在抵挡不过的热情敬酒人，绝不双手接碗，我晓得苗风俗是接了酒碗就得一口干，要严格避免。

这个最多碰一下酒碗就逃之夭夭的计划基本成功，但山路狭窄，敬酒女们背靠山崖面对下山人，脚下路就剩下窄溜斜条，无轻身功是很难逃过的。我还是被拉扯拦住几回，一点点泡酒唱起来也晕人头脸，抱歉实在不能喝，说了就小心扭身跑去对面一弯窄田坎上，准备拍请鼓下山老少男人和客人的照片。冬水田水不多，差点晃悠滑下泥田去。站稳了看下山来的请鼓人龙，就这么一路喝喝停停地走，慢慢走过我跟前时人人脸上两朵粉红桃花。

女人敬酒让下山人过完的队列还很长，再次往前快走，走到寨后的起鼓山也称龙潭山的龙潭坡上。上山时还空荡荡的风水树林山坡上，现已被几十个盖着花花绿绿毛巾的提篮放满，揭开几篮毛巾看看，每只竹篮里有两个鸭蛋两条鱼和米三碗分装，倒扣

拦路酒的队列弯曲排上山道

的该是小酒碗，不用说，这是一户一篮。

风水树林中的神庙是砖砌的，且比常见苗神庙大很多，差不多有一人高。神庙里面依然无神像而是三块黑乎乎的贴着黄表纸的木头。庙前两张新鲜树干对剖开的祭台上，十二只酒碗排列整齐，装满生米和一叠人民币的方斗升子在酒碗中间。另一张祭台是大块猪肉配一条鱼、一大片猪肝、好大一团糯米饭和一只鸭蛋组成的十二堆食物。大胖黑猪头居中，嘴里还叼着根稍上翘的猪尾巴。

山丘旁，分给每家苗民的生猪肉已经成堆放在大塑料布上，龙潭坡前两口大铁锅里汤肉翻滚，接下来是大家喝汤吃肉再领走自家的那份祭祀物。再后，众苗人要去鼓坪鼓楼敲铜鼓吹笙，盛大的请鼓招龙仪式才算圆满完成。

苗家相对论

我却不得不离开，离开澳大利亚到黔东南已经快两周了，机票早预定好，时间不能改，后面要做的事情太多，心情一下子焦躁起来。

从龙潭坡到鼓头家下两大段石阶很近，再走到鼓坪那么不长的路却用了好长时间。苗人房屋之间距离紧密，拐来拐去阶梯不过是几分钟距离，没走几步却被各家苗人点燃的震天炮仗拦住，紧贴在屋角不敢探头看更不敢移动。

发现苗家狂爱惊天动地的声音，热爱红色，家家都要放鞭炮，一抖开就是好几大组炮仗，鞭又粗又长，赤链般从石阶上扭曲滚摊开。点燃鞭炮，那动静活像身在战场，密集爆炸声炸得红纸青烟迷茫，都看不清对面人家苗屋了。

就这样，上山下山走出的一身热惊变成冷汗，我的耳朵太敏感，胆子太小。

好容易等到此起彼伏的鞭炮声停息，狼狈穿过几家苗屋前满地红纸的路面，跑过鼓坪在鼓楼里站住，默默回望九摆上寨身后高高的苗山。

迎面走上来回寨过节的男女苗人，奇怪的是苗女多为汉装打扮，牵着背着同样汉装娃娃，手没空着，总是提着鸡或鸭。男人却腰扎银饰布腰带穿了传统苗衣，肩挑担，多半是四大箱包装精美的鞭炮礼盒，挑着慢悠悠走上寨来。

过苗家节要大放鞭炮的习俗未必历史深远，不怀好意地猜想，做鞭炮生意的人和厂家发大财了。

山脚下公路边水藻田颜色青黄，几个苗族男女在收藕，装满大泥藕的塑料盆漂在水面上，仔细看，那苗女竟没穿防水胶裤就直接站进冷水田里劳作。

我们的司机忠实地等在车边，这才告诉我们他其实认不得这个寨子里的人，也不知道他吃过午饭没有。地方节日里基本上没有外客前来，没见到寨里路边有小店铺开门做食品生意。

坐上车，检视数码相机里拍下的照片，照片太多但又不够多，大半天行程所见的一切被我尽量拍下，还拼命多看，期望多留点印象。无奈时间就那么多，很多疑问细节看见了也来不及细

家家竹篮不同

篮里千秋

百十来户九摆上寨苗人家，分成堆的猪肉摆得好长

龙潭山上，对剖成两半的新鲜树干为祭祀台

高大的砖砌神庙

问，再说不懂苗语能问出多少结果来？

有点嫉妒安红了，立志于苗人传统文化记录的安红常年出没苗山，她能到寨子里踏实有效地住上几天，能把有人类学和文化艺术价值的场面相当完整地录制下来。身为苗裔的她还能听懂苗人对话，如果愿意的话，她能相当深入地进入苗文化深处，探索各种神秘传统所含的、诸多不为外人所知的秘密。

远在海外生活的我只能算作是苗文化打酱油的过客了，尽管我对这种文化有强烈的了解研究兴趣，但走得那么远，能否再有时间精力重返黔东南，完整参与苗人隆重的十三年一轮的鼓藏节全部仪式，我根本无法确定。

目前我所有的，无非是在这个大千世界里短若分秒的惊鸿一瞥接触。

这不，转眼我就已经回到大洋彼岸遥远的澳大利亚新西兰，在反季节并且截然不同的文化里、在宁静的国度里，强迫自己从文化冲击的绵长兴奋中静下来，写出我对九摆招龙节的品味记忆。

人们对文化的解读中必然有不少误读，偶然有机会接触到的文化表象转换成文字，更不可避免地会有歧义认知，但我的好奇心在，总想知道更多，想解这十三年一次鼓藏节深藏的种种文化密码。苗族先祖从哪里来？那是条什么样的迁移线路？那么多不同的苗服装样式如何形成又该如何解读？鼓藏节为何要选择十三这个数字为一轮……疑问可以罗列一长串，无尽无边。

苗人的鼓藏节整个过程漫长神秘，反衬出时间生命的短暂。

咬着猪尾的猪头，贵州苗学专家告知，象征着全头全尾牲祭

穿着传统苗装挑着四大箱鞭炮回寨来的苗男，身后的苗女苗娃娃已经全身汉装

赶回来参加节日的苗人走过鞭炮红屑地面

石阶上还未燃放的鞭炮

塘龙银世家

在老屯乡派出所门口碰到几天来已经熟脸的李民警，打个招呼，顺便对他说我打算去施洞镇走走，想看银饰刺绣苗衣什么的。

李民警是本地苗家人，就住在施洞街上，本乡山川人物熟得很。他笑眯眯建议去施洞镇前的塘龙寨，那是个银匠寨子，满寨子的人都会打银饰。他补充说寨里最有名的一家银匠姓吴，他家公在上海大学当教授教学生打银饰呢，他们家的银饰好得很。

依言果然在塘龙寨下车，时间尚早公路清静，旁边的商店也都闭户。但见路边店家招牌皆是有关银饰商店的汉字样，银匠寨的门面银匠铺嘛。站在马路上呆看一圈，想来塘龙寨是苗音汉译，不过译得巧妙。不过苗乡店铺全是汉字招牌，要不是偶有苗装苗女出现，我会有在汉地小镇行走的错觉。

这段公路两边到处大兴土木，砖石水泥胡乱堆放，过往的运输重车把这段路面弄得泥泞不堪。踮起脚尖在烂路上滑扭走，心想还是先去不远处的施洞街上，又担心回程未必有时间心情再停塘龙。

犹豫中不知是不是该去找吴银匠家，就问路边老人，吴银匠家在哪里？老人努嘴：拐进你背后两个房子就是嘛。

老苗寨建筑并无严格规划朝向一说，走过几间半新不旧的苗屋，地上小路面目模糊，这边空地上也有大堆砖瓦，估计是要建屋用。坑洼烂路尽头有排屋横着，其中一门前有小伙子蹲在地上用气枪火光凶猛地忙碌。

停脚细看，他面前地上两块石头上桥放着银灰砖状物，被焊气枪猛烧出暗紫红色时，小伙子牙关咬紧钳夹起转身放到锻打机锤下砰砰开打。暗红色退银貌出，左翻右翻地被重力打压，被打成两米多长有锤纹的条形银棍，小伙子夹起银棍放进排屋前窄小的脏水沟里去吱吱退火。

小伙子根本就不看我一眼地专注干活，完成全部工序，才抬头面无表情说话。

实际上我们无法对话，焊枪锻打噪声巨大，要命的是排屋边还有一个大铁笼，铁笼里有条凶恶的藏獒，从我走近排屋那刻起就不停狂吠，是那种愤怒露齿猛咬铁笼的气急败坏狂吠。锻银的小伙子和进进出出洗晒衣服的女人吼也没用，藏獒生来就是要吠要吓死人的誓死捍家品种。

我怕狗不是一般的怕，可这次专门来看银匠家已经到门口了，哪能真被吓跑？其实我的心理底线是藏獒主人就在旁边，他

在屋外锻打银锭的年轻苗银匠

银匠家的老银饰模子

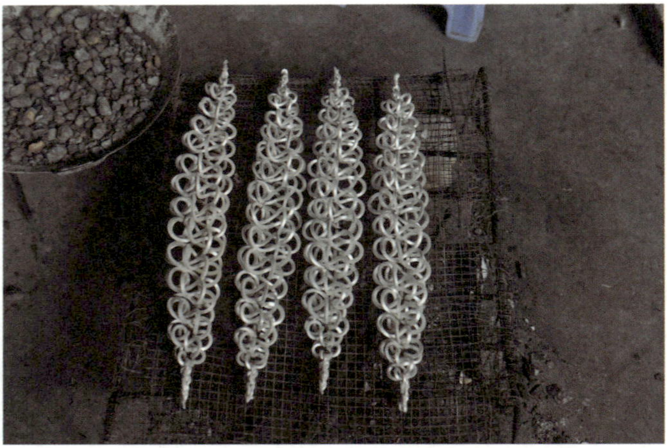

半成品银项圈

不至于放任凶狗来咬我吧。看我固执站着不走的样子，那洗衣女邀我进家去看银饰。本想从小伙子蹲的那老木门进去，这才注意到门异样地窄，是扇连瘦子也要侧身才挤进去的怪门。

凶恶藏獒加窄门的银匠家，防范意识不轻。

女人指点我从旁边砖屋进去。进门就是一张凌乱的床，床对面有另一道门，穿过去，空空的堂屋里一年轻男人坐在小凳上，锉刮半成品大银项圈上的毛刺。小方桌上卷成大麻花的半成品银饰好大一堆，那是施洞苗女脖子上最重最醒目的饰物，节日的苗女脖子上有两三个这样大的银项圈，就说明她家富裕陪嫁资本雄厚。

两个长得好看的六七岁小女孩不知啥时进屋来，争着要把屋里女人刚拿出的银头花耳环戴在自己头上给我看。小女孩你推她拉扯，张嘴哭起来。洗衣女掏出手机给一个哭闹的女孩，这才安静了。拿手机的小女孩熟练地翻出她全身苗装银饰的照片给我看，银匠家的女孩儿从小不缺美丽银饰穿戴。另一个小女孩把耳环放到耳边，满脸的天真可爱。两个女孩大概是堂姐妹，属于这个银匠家族。

这就明白了在屋外锻打、在屋里清理毛刺和隔壁专心整理大银饰的男人是三兄弟，他们的父亲前几年就被北京上海大学发现，请去当了银饰教授，只有假期才回苗乡来，留下三个儿子在家继续银饰生意。

按苗人习惯，银匠技艺本是父子相传。没想到现在的苗银匠已不再那么传统，领我进门的妇女是吴家媳妇，说她们也会打银

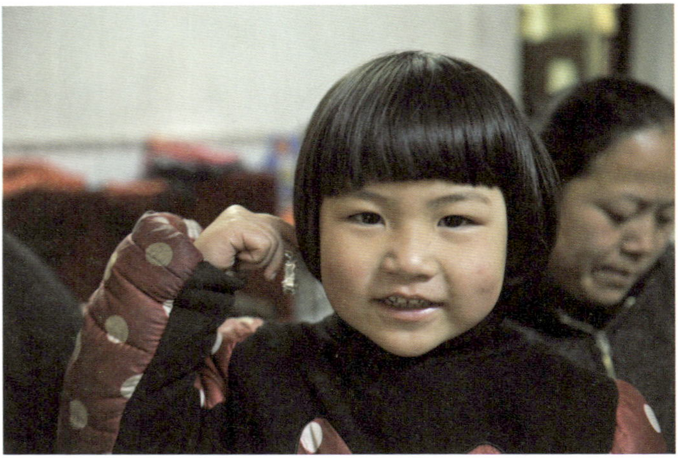

从什么地方跑过来的银匠家孩子，把她妈妈打的银耳环放在耳边给我看

在作坊里利用窗外天光焊接银饰的老大

吴府银庄

作坊木板壁打开，老二一脚还留在屋里，人已经从墙洞里钻出去牵拉银丝了

年轻银匠三兄弟

饰，拿出来的一大包小银花头饰就是她们的手艺，嫁过来后跟着男人和家公学的。

探头到隔壁品字形那间老屋，发现那才是真正的银匠作坊。

那间屋子黑黢，窗前透进的光便明亮集中，面对窗坐着整理银饰的老大完全无需人工灯光补照。又发现前面窄门实际上是作坊的进口，原来在门口锻打银条的老二已经进作坊里来，正在往电动拉丝机器槽口喂送他锻打成的银棍条。马达驱动银棍从大孔出，银棍细一圈再换到中孔，循环到更细孔后，银条弯曲弧度越来越大渐成细细银丝。如此喂送几圈他竟打开后墙上的方形壁板，露出方桌大小的空洞，长银丝弯曲如藤伸到屋外，拉丝人随之钻出墙板外，在墙外兜一圈拉住银丝头再钻回屋来继续操作。

银匠作坊空间窄小还噪声嘈杂，屋里两兄弟专心自顾各种忙，手脚不乱不慌，移动沉稳有序全不妨碍他人。

半蹲在地上不出声专注看他们劳作好一阵。忍不住问，有老银饰模具么？

窗前老大不抬头回答：墙角那堆模具都老！到底有多老，他不晓得。

模具厚重，是成对的，翻开看，是我熟悉的龙或蝴蝶造型。

苗女的银饰也自有流行风潮，不时兴的银饰就像汉人城里不再流行的时装那样被人遗弃，不过苗女不再爱的银饰无须被打入冷宫，富裕的苗女是可以把老银饰交给银匠熔化，重新打制新饰物的。银匠的模具自然保留下来，潮流变幻不定，说不定哪天老样式会变成新潮呢。

施洞镇赶场天的各家银饰摊子，没有保安警察，就这么平常地摆在低矮红布摊子上等候苗人来挑选购买

又问，还有啥老工具没？我对老式手工具特别爱好，喜欢那种被人手捏出汗的形态，总觉得老工具有老主人的模样神情。老大回头看一眼老二正在忙活的那台拉丝机，漫不经心地说还有屋外的锻打机器都有点老。

这两座电动拉丝机锻打机器哪里称得上老？我有点失望，左看右看。不知为什么，这间老银匠屋让我有眼熟之感，有声音叽叽喳喳在我脑袋里说话，记忆敲打我，好像以前来过这家。

当年游走苗乡时到过不少寨子见过好些银匠，可我天性迷糊，对名字地址数字全无灵性，再说当时行走目的并不明确，有的只是不明所以不愿深究的随性。我亦懒，心情不好时更不想动笔做记录。时间稍久，把见过的人事地方记错搞混是常事。可某些画面场景自顾沉淀存活在记忆中，几十年后想起，那种鲜活令我自己吃惊，这就是生活在澳大利亚后，写下《梦回黔山》的缘由，小说散文笔法混合着写很畅快，按田野调查报告路数审视，就无法交卷了。

独自冥想我曾经见过描写过的场景，憋不住还是跟老大说：“很多年前我可能来过你家，还可能见过你父亲和他的银匠兄弟。”

老大微微斜睨我一眼，不太相信的样子。

我问：原来大屋中间是不是有个很大的天井？这间屋子是不是在天井旁？

接着告诉他我到过一苗人银匠家，他们是三兄弟，一个在天井那头的屋里拉银丝，另一个笼手坐在工具箱前准备打银饰。那时候他们家大门杠总是顶好，是关起门来在屋里忙活。那个老大手艺好，当地苗人总来找他。

眼前的老大低头继续焊接摊在桌上的银饰挂扣，嘴说：

“天井和后面的房子拆了，后来修了围墙围住我家院。”又说隔壁还有一间老房子归大伯，大伯人不在家，门锁起了进不去。这既没否认也没证实的回答激动起我，跳起来就从那方墙洞钻到外面院子去。

院子已不是天井而是长条一块地方了，就跟这排银匠屋子长度相当。

作坊隔壁的那老屋门楣上有“吴府银庄”几个汉字大匾牌，看门看柱看屋梁有老气，细究又不那么老，大门壁角至少是改造最近刷过漆。木门上了大锁但能推开宽缝，往门缝里使劲看几眼，昏暗看不清太多内容。退到院子里看屋前被人脚踏出柔和线条的大石板，这间大伯老屋旁边还有更老的偏屋，越看越像我去过还描写过的那家银匠的天井一角，但又不能十分肯定。

过去年代里每个苗寨最多有一两户银匠人家，哪有现今商业世界造就的所谓银匠寨，时代变化太快。很遗憾大伯不在家，要是直接问问他，就晓得我记忆中的三兄弟银匠是不是他们家了。

作坊里的年轻三兄弟待我十分友好，让我进屋乱看乱问也不嫌烦。可明显他们对父辈经历不感兴趣不清楚，我说的故事问来问去，问得我都不好意思了，乱问又没买银饰的我，实在不好意思继续打搅他们。

起身谢过，提议给三兄弟拍几张合影，还是去施洞镇街上走走看看吧。

吴府银匠家笼子里的藏獒已对我失去兴趣，见我出门也不再凶狠嚎叫。

回身再拍两张吴家外景，老苗木屋与青砖屋红砖屋混筑，那是苗地变化的建筑时间表。塘龙寨大大有名的银匠家族屋子外表简单朴实，屋内却银山银饰有分量。

离主屋几米外还有砖砌的单间牛圈，一头专门养来打架用的蛮壮大水牛静卧咀草，透过粗木栏与牛对视，其白眼仁发红，但黑瞳清凉的牛眼神柔和得很。苗寨有养打架牛的传统，一头棒牛是全寨的脸面光荣，全寨男人有轮流割草赡养它的义务，还有领工资的牛倌专门日夜伺候打架牛。我是第一次见到一家人养这么大条雄物，老二每天去割草回来饲养壮牛，说起来就像在说养了条小羊那么轻松。

走上公路往施洞方向走去，寨头在建的踩鼓坪进行到一半。路边还有好大一块浇好水泥的屋基，看位置似乎是准备建大商店。一辆大型起重机车不知怎么的横在路当中，过往车辆都被挡住进退不得，那起重臂吓人地挂住了路边电线，司机在驾驶室里莽动，起重臂随时可能拉断电线，车里车外的人都在大喊，看得我心惊，赶快绕道远远逃开。

施洞镇高楼迭起的面貌并不迷人，高楼宽街症近二十年来成为风潮席卷中国大小城镇，凡是通公路的诚镇皆被此潮挟裹，直到彻底丢失自己珍贵的个性面目。苗族传统建筑稀疏，估计再过十年，施洞地道苗建筑苗镇将不复存在。

在施洞大街上走得无精打采，幸好先去了塘龙吴银匠家。失望之余去市场上割两斤新鲜牛肉，买些蘑菇带回张姐家晚上吃。

一觉睡醒，发现忘记第二天是周日是施洞镇的赶场天。镇子建筑汉化了但传统赶场习俗还在，清水江四乡苗人这天还是要赶场做买卖的。张姐的寨里有私家小面包车一趟趟开往施洞，接送赶场人。野车司机收五块钱一人的车费，懒得走路，就搭车再去施洞赶趟场。

赶场天的施洞镇热闹得很，镇邮政局在大街上搭起充气彩圈举办有奖存款活动，看热闹想中奖的人层层叠叠，如看踩鼓般围观。街上河滩上的菜摊肉摊极多，新鲜捆扎好的蕨菜、莴笋，装在竹篓铁丝筐的鸡鸭，水灵鲜活看着就舒服有购买欲望。主街码头河滩上的粉摊、衣服袜子摊、烟草农具摊乱中有序，更绝的是那些衣服摊子高音喇叭播放的叫卖声录音，全是字正腔圆中央人民广播电台男女播音员水准，永不疲倦呼喊大减价。省了自己嗓门的小贩们就安静地坐在篷布下，等候被吆喝忽悠来的苗族男女买家。场上除这花色繁多的摊子外，还有不少苗人在做苗花卉买卖，能吃饱穿暖的苗人关心种树种花是好兆头，苗家山水活络有生机就是从这些地方着手改变的。

最令我吃惊的还是市场上的银饰摊子！

从镇供销社路段开始，银饰摊一个接一个铺排开去。每个摊子所占面积都不大，一两个玻璃柜或者一张条桌足矣，银匠的手艺就那么敞放着，要不就插在已接近用残的白塑料泡沫板上。讲究点的银头花银鸟用透明塑料纸包一下放在玻璃柜里，插在塑料

苗家的银饰是要称重量的。这位苗女称她的银项圈，她旁边摊子是老大的。

这天老大换了身西装，帅气逼人。

泡沫板上的银饰，谁都可以拿起来细看。

各家摊子上银饰花样总体没大变化，造型与功能都还在传统审美趣味范围内。可二十多年前我赶过的施洞乡场，哪里有这么多银饰摊子！过去苗人有点钱要为女儿婚嫁买点银饰是到银匠家里悄悄买。没有几个钱买银饰的苗人就只能求银匠把老银饰洗白，这般热闹公开买卖场面什么时候出现的？

从头一家银饰摊看起，慢慢走进河滩码头边那条极窄的小街，发现这条小街几乎被银饰和刺绣摊占满。这一大溜银饰摊摆在老窄街上，银饰摊与银饰摊比肩，刺绣剪纸摊与银饰摊为伴，跟大街上的菜肉日杂货摊相比，这条小街就是地方苗人的高档货区了。挤满人的小街上见不到保安警察，换句话说，盗窃抢劫这类罪事此地少见，如此多的银饰摊子公开摆卖，其安全程度吓我一跳。

在一家银饰摊前站住，看身边挤来的中年苗女挑银镯银项圈，挑来挑去选中了，女摊主拿出十六进位老秤，麻利将秤盘线在项圈上绕几卷反扣挂钩，秤尾微翘称过，按重量算价钱。眼角瞟见旁边摊主有点面熟，摊主原来是吴家老大。扎进裤腰的黑T恤外配格子西装，花花公子铭牌皮带扣，打扮得蛮有品位，完全不是昨天在他家作坊里打造银饰的工装模样。

瞅空再跟老大说几句话，请老大给我写下他们三兄弟的名字电话号码，我但愿还有机会再回施洞，真希望能碰上老辈子银匠都在家，太想跟他们聊聊了。

表情严肃不笑的老大写下了他们三兄弟姓名、父名和手机号码，依我要求还写出三兄弟的岁数，他们分别已40岁、35岁、30岁了，老大的钢笔汉字写得很好。

心算如果二十多年前真到过他父辈家，那时没见到他们三兄弟也正常，那时的他们年轻甚至还是小孩，那时的苗家孩子不是在上学就是在山野里做农活，很少见苗孩子游手好闲。老大还是没想起他大伯的汉名，苗人互相用苗语沟通对话，偶尔跟外来汉人说汉语，汉语大概不很流畅。再说我提到那老苗银匠的故事时，我的四川口音老大未必全听得懂。或者他根本就没兴趣仔细听。往事不堪回首，不知道、不想知道，只想忘记的心理自有潜在的合理性。

不管怎样，走到这年轻三兄弟当家做银匠的年代，施洞苗人终于熬到了可公开做银饰摆银饰摊，合法做银饰买卖，因此发财致富而不用担心会再轮到要被打土豪分田地的那可悲地步吧。

苗皮匠

到苗皮匠家修我的小拉杆行李箱把手。

小箱子把手一端皮扣断了，胡乱用绳子捆过不得劲，还是要找真材料缝合，不然无法提拎。这次旅行特意轻装少带东西免去托运麻烦。现在箱体还完好，只要提手修好就能勉强坚持到拉回澳大利亚。

这是上次回国时买的拉杆箱，外表美观，还没用过几次就残了。

苗皮匠其实是鞋匠，一台手摇粗针缝鞋机、一杂物箱就是他全部装备。

三言两语说明缘故，苗皮匠翻出块巴掌大的皮子，比画看看刚好，托底兜过来缝好就是。我也不管那么多，只要能用就行。苗皮匠便动手，不过手摇缝鞋机针扎不进这几层厚手柄，要手工扎眼拉线。

在屋子烤火的几个苗人笑眯眯看我，又看苗皮匠一针针扎眼穿线使劲扯，粗针大线歪扭，苗皮匠说不好看。我说好得很，只要结实就够了。

苗屋门洞开着，室内外温度差不多，坐在屋里的人有大火盆取暖，坐在门外刺绣的女人放盆小炭火烤粑粑，脚上有双厚厚毛鞋就不那么冷了。

苗皮匠屋里有沙发、冰箱，神龛上摆一尊关公瓷人，五福红汉字一排粘贴，墙上好几张金晃晃小学生奖状。没见过苗屋里书籍画册，有字的纸张通通都是汉字。

那小孙孙圆头圆脑戴顶双球绒帽，小衣裤鞋袜周全暖和，除开裆裤那一小块透风外。不声不响黏在爷爷身边的小孩，发现我把相机镜头对准他，赶快藏到爷爷屁股后面，闪我一冷倔眼神。

皮匠嘀咕手上结实胶线不够了，转身半探进身后偏屋翻胶线，小孩抓住爷爷衣襟连带也挤过去，挤在窄门与爷爷身体之间，苗皮匠要是重心不稳，这小孩圆头要撞个包出来。

结果啥事也没发生，皮匠坐下来接着一针针乱缝。

专注苗皮匠手工，转眼，小孩从后面厨房走出来，手捏一小纸盒，靠在小桌边呼哧呼哧努力撕扯，几包银色纸袋散开在小桌上。

偏头扫一眼，没戴眼镜看不大清楚，像是药，有些拼音字母的袋装药。

苗皮匠看见了说是给大孙女治感冒的药，提高嗓门喊句苗话，七八岁大小的孙女拿过一包撕开就水咕咚吞下。小男孩抓起

苗皮匠家里

一包使劲，苗皮匠口气平平带一丝赞赏夸他孙啥都要争，说他姐吃啥他也要吃，喊不听哟。

爷爷再苗话几声，小姐姐撕开一包递给男孩，小孩往嘴里倒，脸上表情看不出是好吃还是不好吃，红彤彤小脸鼻涕痕在，但明显不是感冒。

屋里几个成年苗人不出声笑，我惊讶但不好说话，感冒药也可以乱吃么？苗皮匠要让他家孙把药当糖吃，我算老几管闲事？

干脆请苗皮匠硬手再把提手那端也垫块皮子缝过，十来分钟后小提箱提手弄好了。付了苗皮匠要的工价再多给几块钱，真是感谢他。

拖着小箱子出皮匠家，顺便在寨子里到处走走。寨子高处还没去过想看看，走一段路退下来，水泥路上青苔滑溜溜的不好走。

转进寨里中间部分，有点搞不清国内学校是不是在放假，寨子里咋那么多男女娃娃？

领我去找苗皮匠补箱子的朋友说，皮匠家两个小娃娃是留守儿童，皮匠的儿子媳妇去广州打工，两个娃娃就留给老人家带，“哎哟老皮匠他们惯娃娃惯得很哟，寨里的人都这么说”。

我听得笑，苗朋友也有孙儿在家，看他们全家也是宠，宠到天上星星都要拿竹竿打下来给这个孙娃儿，我又不是不晓得。还在镇上见到个苗男孩几分钟前跟爷爷撒娇哭闹要钱买糖吃，转身言语不和，居然一把掐住他小姐姐脖子就摁倒在地上，那家爷爷奶奶父母都在场，拉开男孩无一句责言。那小女孩也乖巧自己坐

皮匠家里，墙上的神龛在，更多的是孩子在学校得来的奖状，还有流行的汉族祈福文字剪纸

起来不哭不闹不说话，看得我大惊讶。

朋友人很憨厚但聪明，晓得我的笑有意思，直白说我们苗家就是喜欢男娃娃，家里莫得男娃娃的人，被人看不起的哟。

我岔开话头说老寨子里原来的老石板路多好，为啥要重新铺水泥路？苗朋友说你就不晓得水泥路平，好走路呢。

苗娃娃三五成群地在寨子里出没，朋友点头指这边几个是留守儿童，又说那头那几个娃娃也是。

我诧异，好奇寨子里到底有好多留守儿童。朋友挠头搞不清：要不要我帮你去问寨里支书？派出所的警察也晓得。

寨里男女苗娃娃们穿得都不错，时髦的牛仔裤，厚毛绒棉夹克，脚上运动鞋皮鞋常见，没看到谁打光脚。说是留守儿童，那么他们父母在外打工还是肯寄钱回来给自己娃娃买好衣服鞋袜。

走过寨子路边那家很新的屋，有黑色冲压花纹的金属材质大门，大门镶嵌在赤红砖墙上有几分奇怪。更奇怪的是苗老奶奶在门前砖地上用火盆煮水，细毛柴塞进火盆锅下，烟从锅后冒出把红砖墙熏出一团黑。老奶奶手忙脚乱，转身一把抓住她背后正要栽下屋前阳沟的小孙子。地上有把弯头砍柴刀、几根葱和一大盆水中红薯要洗，还有个乱跑动的小孩，老奶奶动作还算敏捷。

苗人传统民居总是挤挨，这屋是新建的，依然建在自家老宅地基上。新屋庞大突兀，把左右的老苗屋显得更逼仄了。老苗屋是木材建筑缺点容易失火，有财力的人家就拆了老屋建砖和水泥的新屋。在外面打工的人见识过新式厨房，只苦了习惯烧柴的老奶奶，干脆把小火盆弄到屋外烧火。

冬天里，完全汉装打扮的苗娃娃

慢慢走过几家苗屋，拐角边有堆男女苗娃娃勾肩搭背在围观，老男人蹲在地上抓住砧板上已破腹洗净的鱼尾，大菜刀在砍草鱼段。

我的小提箱轮子声音骨碌响，老男人住手抬头看我，小孩们也转头好奇打量拉着小箱子的我。老男人苗话我听不懂，就见小孩们嘻哈笑起来。朋友笑，说老人家请你去他家吃鱼呢。我想是客气话，都认不到我就要请吃鱼啊？跟苗朋友说我想吃你家梁上挂的老腊肉，煎炒莴笋下啤酒最好，我去买捆莴笋晚上吃。

苗朋友说家里菜地有莴笋，我喊你姐切块腊肉打整干净，晚上炒一大盘让你吃够。

老寨子里的路上下拐弯随性得如同山道，好在这两天走过几回走熟了，晓得往哪边拐可以走出寨子去。

又见两个七八岁的女孩坐在半新水泥楼梯上说话，远远走来的小男孩捏一柄颜色鲜艳的东西塞进嘴，吮吸的似乎是彩色饮料。啥东西颜色鲜到这种程度都可怕，可寨里几家小店铺卖的都是这类可疑廉价塑料包装的食物饮料，店铺的主要顾客就是小孩，小孩子就像澳大利亚那种热爱鲜艳颜色的鸟儿，越是鲜艳越迷人，哪里有那么多担心？

砖屋水泥平顶屋有好些穿插在老苗寨里，有的还没完工，半截水泥楼梯奇怪地伸向半空中。老苗屋里有电视机的人家也不少，看电视玩手机游戏，苗娃娃的生活语言方式越来越接近内地城乡同龄人，寨里老人不知如何应付。

路过一小寨，曾惊奇听到一苗娃娃说一口标准普通话，牵着

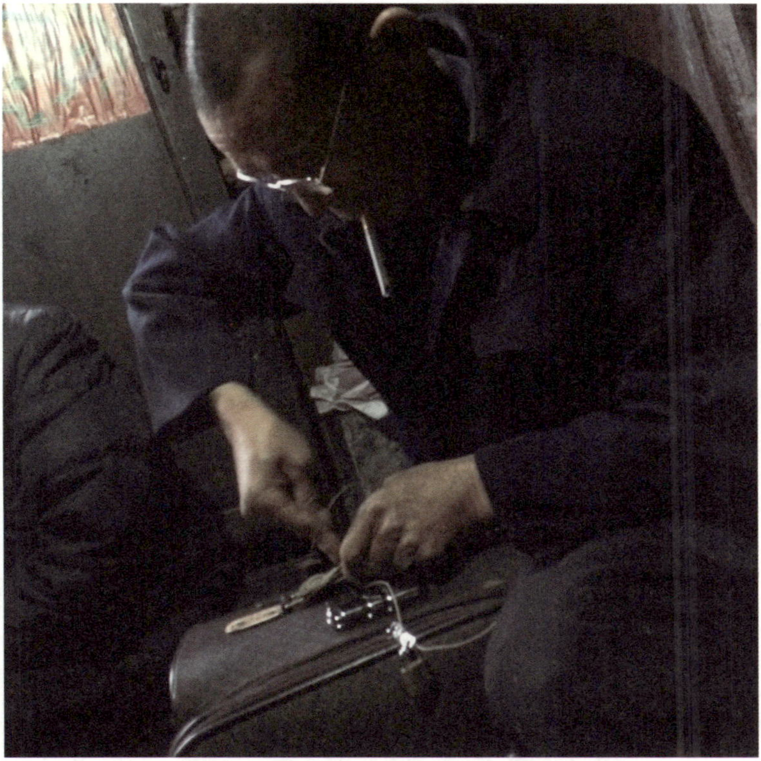

苗皮匠手劲大，手艺不错。可他的孩子们谁还会成为继承人？

要离开寨子的不知是父母还是孩子？

学校门外

吸引孩子们的小摊

吃快餐

土豆条小买卖

成年男性光顾的小摊

他手的奶奶骄傲地用苗腔普通话跟他简单对答，老少问答腔调十分穿越。我猜那苗男孩怕是出生在北方，要不就随父母北漂过。不管苗乡电脑电视有多么普及，学校里已不再教苗语苗文只用普通话教学，但始终是教不出这种字正腔圆北方汉语腔调的。

寨里真的留守儿童也不会太多的，我估计。苗人爱自己的乡土，只要有吃有穿，种的粮食蔬菜不缺，再有份不管什么方式的不高收入，很多人还是愿意留在寨子里跟自己的孩子父母过日子。

吃过苗朋友家的老腊肉炒莴笋，去乡里赶场那天就打算割几斤牛肉回请苗朋友一家。乡里赶场天买卖兴隆，还有我在澳大利亚眼馋得要死也吃不到的折耳根、蕨菜、儿菜和香椿之类时鲜菜蔬，天天吃它们我也不会生厌。买菜前先去市场转转，拍照，看乡场跟我二十多年前的记忆差别有多大，多年没回黔地来，满是好奇。

所有摊子都绊住我脚，没法子快走就想慢慢看。

乡场规模比以前不知大了多少倍的浩荡，那些用作刺绣用的丝线一纠纠按色系摆开，柔丽迷人如张张大调色盘。刺绣绣片上做点缀用的闪亮小铜片，施洞苗盛装衣领上的特殊折叠花纹图案，织锦带，刺绣图案剪纸，还是小买卖，但摊子一个接一个摆开连接起来俨然气势。有心买的苗女完全能挑选到自己想要的称心材料半成品。

拍了拍坐在阳伞下用银色笔在紫布上熟练画出龙、鸟图案的苗女，打听她啥时候学的好手艺。苗女说是自己从小就喜欢就爱画。被我问起她名字时，干脆从包里摸出身份证给我看。乡场上外地客就爱买她画的布画，很自信的样子。

一切都还是手工操作，但是由很多双手分别完成的，买卖已朝市场商业化发展而去，现在的苗女如果要为自己制作一件盛装，再不会像过去那样从织布染色、刺绣缝制全部亲力亲为，制作盛装的所有材料都能买现成的，真正完整纯手工的盛装将会越来越稀少。

不仅刺绣原材料银饰摊子热闹，乡场上的商品之丰富已到眼花缭乱的地步。

令我侧目的小摊子之一，是木门板平放卖动漫杂志的小摊，不多的薄薄几本漫画书还用透明塑料袋密封，说来该是赚小孩子钱的，不过没见小孩围观，是几个老男人正拿起单张的画纸在仔细看。探头瞄一眼，火柴盒图案整版全是白花花暴露女人体。看的人并不避讳，甚至不管我把镜头对准他们。

大街小巷河滩到处逛过，看了苗药摊、布料摊、鱼干摊、菜摊、肉摊、银饰摊，看了那么多赶场来的苗族男女，走到脚软，拍照也拍得有点累了，才背一包买好的牛肉折耳根莴笋回去苗朋友家。

苗朋友夫妻俩每天一大早就开始卖油炸细土豆条给来上学的小孩们，生意小，挣的都是小钱，捏在手一大把小钞。小孩们天天吃过才去学校。

乡场上的肉价刺绣原料价格这几十年来早涨如天价，朋友夫妻做自己的小生意几分几角挣得安然。

看小摊前背着书包，端着白色塑料餐盒吃粉吃土豆条的小孩子，这些还跟在爷爷奶奶屁股后面颠颠乱跑的鼻涕横流的孩子，再过十年二十年也会成人了，就不知道那时还会不会有能够手缝皮子的苗皮匠，会不会还有今天这样的乡场？

白土寨

今日去白土寨。

我的苗绣收藏中有来自白土寨苗女的精美绣片绣衣，寨名听得耳熟就是没去过。

过去到苗乡行路难，苗人穷我也穷得叮当响，一双黑皮鞋穿多年，走到苗乡被磨穿鞋底的记忆仍在，没多余的钱，没有交通工具，在苗乡下只能靠走。土路两旁少树无阴凉，哪怕只有几里路也走得烦躁。

这次回黔东南，看苗绣、苗建筑，吃住苗家，想听苗歌了解苗风俗，最好奇的还是当年那些苗地主们是怎样划出来的。这是我长久的疑惑，黔地自古穷困出名，苗人要富到啥程度才当得上地主？

苗三姐说白土是她娘家寨子，听说我想看地主的房子，白土寨有五家地主呢，地主的老房子都还在。三姐的哥嫂也还在那个寨里住，跟她走趟亲戚吧。

说走就走，出家门到街上，苗三姐先从街边小摊上买肥鸭一只，是那种个头很大浑身羽毛黑绿夹杂的外来品种。做小买卖的本寨苗贩从什么地方买来再卖，鸭子重两斤半要七十多块钱，价格不便宜。

三姐说苗家去做客总要带只鸡或鸭做礼，空手去不好意思。

我没好意思问三姐为啥不从她家水塘里逮只鸭子做礼，她前天还告诉我她家养了十来只鸭子，在她家的自留地水塘边。家鸭半敞放，有虫吃有水洗澡逮水生物，三姐家的剩饭菜全都留着喂鸭子，那群摇摆嘎嘎乱叫的生物看上去肥实得很。也许三姐还要再养一段时间，才舍得自吃送人。

没想到苗三姐让她儿子开来小面包车，载我们轰隆隆上路，不用自己走。

老屯到白土的水泥大道刚建成不久，开口表扬这路看上去美观结实，苗三姐一句豆腐渣工程就堵住了我半截话。说话间车开上才一年新的路，近看果然糟糕，路这边塌好大一片，那边裂缝豁口的花纹像惨白地上被冰纹蜡染过，也像是哥窑碎瓷纹的放大。可这是承载车让人走的新路啊，三姐说是豆腐渣工程真是形象。

交叉路口处的建路标识大牌在，承建者的大名油漆还未褪色，路就烂成这样子。

三姐不动声色，只说句主事人心黑，建路时偷工减料吃烂钱嘛，那还不豆腐渣？好像人被逮了，总要遭判好几年嘛。

民间苗人艺术审美高妙，即使是小道上细小标示，也会做得美观有趣

把原来的石砌小道改成水泥材料似乎是流行风潮

豆腐渣新路

说话不紧不慢的三姐年纪大了已很少出门，没想到啥时鲜名词时事她都晓得。曾闲话说到地沟油，说搞得人现在买油都不放心时，三姐说她家种的菜籽打出的油够吃了，她从不买那些包装漂亮的桶装瓶装油。再说自家还养的有猪，杀猪后猪油熬了好几大盆，使劲吃也吃不完。

路边河滩上大片自留地菜花黄得明丽，一望不到头。一大棵梨树满树漂亮白花站在山脚边，山丘河岸到处点缀的桃花梨花提亮了冬天还未去的景色。三姐指指河岸远处大簇绿树花树的人家，说那家苗人自己种了果园，花果都长得好得很。山里人家知根底的，说路边那棵梨树果子不太甜。很贵州很纯粹的风景爽朗，东张西望忘记了车下的路有多新多烂。

三姐儿子车开得野，进寨一气冲过寨子狭窄通道，直接把车开上小鼓坪去，惹来几个坐在鼓坪晒太阳的老男人诧异的眼光，我们进寨得突兀。

打开车门苗三姐提起鸭子说声走，领头下坎往田坎小路去。

鼓坪上她儿子方向盘转得飞快，边倒车边在车里苗话大喊，意思是想回来就打个电话，他来接我们。

三姐口袋里的小手机功能简单，接打本地电话很方便。

鼓坪下田坎路弯曲路面水泥筑成，阶梯上有彩色瓷碗碎片拼成的双龙抢宝图案和筑路日期，四年前筑成的路走向不远处高低成寨的苗屋。远望去，高出传统苗屋，两头檐翘的风火墙，宽整白边与铁灰色墙体被树林青天衬托，重叠齐整线条美妙。三姐说那就是地主房子，地主一大家子人还住在里头呢。

土改后被划为地主，所有财产中仅留下这幢苗屋让他们继续居住，据说是因为他们人口太多，找不到地方让他们容身

地主楼几乎完全破败了，木窗上的花纹雕刻被铲掉，失油失去维修的木建筑摇摇欲坠

苗屋上层建筑按传统住人，侧面房间过道楼板已经不敢踏脚上去，楼板朽烂松脱很不安全

这幢原本挤满地主后代的建筑，现已人去楼空，只剩一位老奶奶还住在里面，说是舍不得搬走

无可奈何花落去

地主家的房子居然还是留给了地主家人？这倒出人预料。

三姐解释说这家地主的田土和银饰绣衣都分给穷人了，把屋子留给地主家人住也是没得办法。他们家人口太多，寨子找不到地方让这一大家子人住嘛，这幢地主房就给他们一大家子人。挤了好几十年，这些年莫得人还讲他们是地主，他们才有活路，年轻的在外头打工挣了点钱，有了钱才建了房都搬出去了，只有个老妈妈还住在她的那间屋子里，不肯搬。三姐嗷嗷召唤几声，老妈妈从高屋雕栏边探出头来，也是高鬟施洞苗红蓝头巾包头，深面纹皮肤象牙黄的跟三姐差不多面相。

苗地主房子可说是汉苗建筑的混血，风火墙是楚汉风，里面的房间木结构还是苗家自己的传统。既然是地主，钱财比普通苗家多几个，那木雕栏花纹式样材料比普通苗屋是要气派结实也美观很多。

随三姐踏上木楼梯那刻有点心惊，好几格木踏板已失托，人就在下面胡乱垫了几块砖石撑起，随时有踏垮可能。

建筑正面木栏几十年来全无护理完全失油，整幢建筑材料老枯，有一根火柴就能点燃的恐惧，真可惜这么精美大气的雕栏。

小心走上马鞍形建筑两侧看几眼，走道房间有更多的雕栏窗板装饰，可窗板上的雕刻已被潦草铲掉，已辨认不出原来图案字样。

三姐和那枯萎老态的地主后代在堂屋里说着闲话，她放下手上翻晾的干菜，一架灰重的织布机上织了一半的布看不出花纹来。屋子里外凄冷，无人间烟火气的破败。

当人走近苗寨，那墙檐高挑优美，有防火功能的风火墙便是昔日苗地主的另类标志

现代城市化的另一代名词，在某种程度上可称为乏味的程式化：失去这样极有文化底蕴又极富民族特色的建筑环境，怎么看都痛心。保存原汁原味的寨子村落外观，内部改造适于人居住的理念终究挡不住商业金钱社会的侵蚀

拍照欲望突然消失，不忍拍老妈妈满脸凄苦寂寥。

当年把这家人划成地主，留下这幢屋子让他们几十口人住，怎么住得下？

离开地主屋，转过屋角左转右转再走一段路，三姐说那家是富农，他们家也是风火墙建筑，砖墙防火防土匪嘛。因为不是地主，他们家就一直住到现在。

央三姐把寨子里五家地主的名字说给我听，三姐想半天也只想得起三家名来。再细问当年是如何划分地主富农的，三姐说她那时候还是小娃娃，搞不清楚斗地主是咋个斗出来的。

对黔东南苗族刺绣神迷的我，二十多年前始到施洞一带苗寨，精美富于艺术想象力的苗刺绣，好奇其艺术图案造型的含义来历，语言不通很难问个透彻，历史禁忌更是大障碍。几十年的混乱走到“文革”，政治革命把生意买卖视为“投机倒把”是犯罪，至少也是资本主义尾巴要被使劲割除。等到开始可以做点小买卖的年代，从头到脚衣衫极简的苗女们实在是没有多少值钱的东西可卖，只有她们家传的刺绣还拿得出手。即使在那个年代苗地乡下私人买卖也令人不自在，每当我试图追问那些老刺绣图案的意思和老盛装背景来历时，被问急的苗女时有如此之答，让我很是不解：我家（或者是娘家）是大地主，这件刺绣是我奶（或是妈妈）藏到山里石洞里留下来的。

我惊讶，黔苗哪里来这么多大地主？苗妇声称的大地主到底有多大？我的好奇心早被撩起，可当年的我与现在的我都不是史学家，而且又出国多年，离黔东南越来越远，回去一趟不容易。

通往有风火墙老屋的小道

再说知道那段历史的老苗人多已离世，即使我去苗寨也很难找到合适的人问出真相。就如这次重返黔东南，真想做田野调查需要长久住下来，懂苗语最好，不然收获肯定稀少。

好在信息时代资讯越来越开放，包括一些过去没有公开发行的珍贵原始田野调查资料现在都可见到。托朋友的福陆续买到些资料书籍，从黔东南回澳大利亚后，再次翻阅这些珍贵的田野调查报告，读得叹气。

手上这本四百页厚的贵州“苗族社会历史调查”老报告，其中的“台江县巫脚交苗族经济发展状态”部分，是贵州省民研所1956年在台江巫脚交苗寨进行调查的报告结果。看得出这本资料当时浓重的政治规范前提，但从1949年前走过来的中国人类学者们，还是做出了文字叙述平实、很有分量的田野调查报告。读过这样的资料，不难想象当时的苗地主们遭遇到什么情况与结果。

将“没收、征收及分配情况”章中的这段田野调查文字摘录如下，那些卖给我精美刺绣绣衣时自称“大地主”后代的“地主”面貌，真实得不忍直面：

“前述地主（包括外地地主）在巫脚交的田地全部没收，并征收了富农多余的土地和前面资料中谈到的‘姑娘田’。……

“我们访问了当时乡农会主席张九往(雇农）、村长张抱荣（中农）和党支部书记张文超（前两人是党支部委员）。他们叙述了下面一些材料：这里土改较晚，土改时经过了斗争和退帮工帮粮清算，但土改的方式是比较和缓的。台江城区（包括附城各寨）土改时没收的胜利果实（农具、衣服、银子等）曾调了一部分给巫脚乡，支援这里的农民兄弟搞生产，巫脚乡得到这部分果实后，经过讨论，觉得八村（巫梭）最苦，于是全部给了八村。六村的果实，就在六村分配。万文高、张耶往（张明祥的父亲）是这里最大的两家地主，退的时候，万家退出了50多两银饰，张家一点也没有（张耶往是张明祥的继父，张明祥的父亲死后，伯父张耶往'上门'做了张明祥的继父，他过去当过土匪，吸鸦片烟，好吃懒做，把张明祥家值钱的东西都卖光了，还偷人家的鸡鸭吃，土改时，值钱的东西一点也没有了），只有一条半大猪，折了20元。其他就以鸡鸭、破旧衣物等，七拼八凑，折价来抵。

……

"没收和斗争得来的胜利果实，首先退帮工、帮粮，退完以后，再把剩下的分为四等：一等5元；二等3元：三等2元：四等1元（以农具、好的衣服折价）。全村一等的有七户（张九往、张金牛、万翁九、万送今、万里九梭、万往当、张牛香）；二等的十多户；三等的十多户；四等的二十多户。中年没得什么，分点烟叶吸。房屋按需分送给房子最少或者最坏的贫雇农。破旧衣裙分成几等送给贫雇农：最苦的得三五样；二等得二三样；三等得两样；四等一样。先分给最苦的人家。"

这段田野调查记录最让我吃惊的部分，首先是被继父张耶往挥霍光了家财的，还是被称为寨子里最大两家地主之一的张家。按实情说，土改时已经落到几乎赤贫地步，在他们家里已没值钱物的情况下，他们家的一只半大猪，几只鸡鸭和破旧衣物照样要折价成“胜利果实”，交出来分给所谓的贫雇农，有这样的地主吗？我曾误以为只要在1949年前不管什么原因破落了的地主和家人，是可以幸运转成为贫雇农无产阶级的。

这份田野调查报告记录的就是我熟悉的台江县境内，更没想到苗乡斗地主斗得这么狠，连破落人家里的破旧衣物都不放过，照样要夺走拿去分给穷人。

老田野调查报告读得我长叹，苗地主恐怕是中国农村里最有吃苦耐劳精神实干吃苦的庄稼人，靠当土匪强盗枪杆子去欺压剥削其他苗人、巧取豪夺成为苗地主的恐怕少之又少，在我看来，绝大多数苗地主怕是要辛苦好几辈子，才能积累那么一点财产。因为他们勤劳吃苦而攒下的不多财富，被打倒被剥夺财产，实际上是对劳动者尊严的莫大侮辱。

凄然明白那时的“地主”家人不知要冒多大风险，才敢把自己家传下或自己刺绣的苗盛装绣片藏到隐秘山洞去，才能躲过被打土豪分田地房屋财产的辛酸下场。

回望白土苗寨那破败的地主屋，不由得沉思。在很长的历史时期里，坚固有防火功能的砖砌风火墙里的大屋子，防得了无情水火，防不了财产权的失去。这家人财产被剥夺了，虽然还留下房子让他们夹着尾巴住，老苗屋随原主人彻底贫困潦倒，破败到今天似乎只有将被抛弃拆毁地步了。

小苗寨里的苗地主真是那种坐守千万良田，好吃懒做剥削人的寄生虫吗？

此疑问二十多年前就有，但不敢问不敢出声。此时见到小寨子里的地主屋，如鲠在喉，说什么好？

庆幸那些脆弱易碎的苗地主绣片绣衣盛装，小到容易被人偷偷卷藏起来，只要没被发现还逃过水火糟蹋，棉丝物品熬活个几十百把年不成问题。多年前买下的有类似说法背景的绝美刺绣绣片和盛装，被我带到澳大利亚展览收藏，屡屡被人问起它们的来历故事，依样复述购买时苗人告诉我的字句，那时想，多少天方夜谭。现在看，实在不假。

也心痛从原来主人和他们后代手上流走的精美老刺绣，转念再想，未必糟糕，至少这样的美物有了个安稳好去处，不用担惊受怕继续躲藏在阴暗洞穴里，逃过被当作“浮财”“胜利果实”随便分给某人的结果。精美刺绣和盛装的女人拿它们换点钱养家糊口，至少是苗女自己的意志选择。再说，流走到外面世界去的苗绣，不妨看作是另类艺术输出，没有这种出走，外部世界至少在很长时间里无缘知道黔东南苗族刺绣如此绝妙大气，人类文明财富这块空白的时间不短呢。

老地主房子就不那么幸运了，满是几十年的痛与屈辱的地主屋，他们的后人是否还有心思和经济能力去收回，保护维修他们几代人的伤心地？地主帽子终于被摘去后的今天，年轻中年苗族男女不愿在家种地的，纷纷流动到汉地大城市打工做生意，赚到的钱，很自然再带回家乡，要新建起更宽敞明亮也能防火的现代房屋，喜欢老地主房子的人不多了。

可我怎么就那么爱这些破败的老房子呢？

这想法在心里蠢蠢欲动多年，每游走到英国意大利法国，见到那些有两三百年历史的民居还大片活着，与今人温馨共存，就极度羡艳。在那些国家里土木结构的老屋并不像我们以为的那么脆弱，不堪风雨折磨。那些内部重新装修过的老屋，只要安装了水电煤气，更新设计更合理的厨房洗手间，解决老房子易潮易发生火灾等陈年隐患，百年老屋舒适居住程度完全可超过新房屋，还十分具有保值升值的价值。

焕发青春的老屋完好再现历史的面貌，正是那种独特时代面貌成功保存，才能每年吸引无数外国游客前往。

苗寨老屋对我的吸引力同样，要是苗寨完全变成了汉地汉建筑，我为什么要飞越千山万水来黔东南呢？小寨子里的地主房要是能买下来，保存原滋味外观，好好内里翻修改造，想想都美得很。

内心深处的另一个我却很冷静，她声音细小但无表情：财产土地物业需要得到法律上自由拥有买卖，不得有任何人以任何理由强制拆迁占有的不可侵犯法权，这幢老屋才有活过，继续活下去的理由。

整个白日梦么？

想不过，傻气冒上来时真想鼓动三姐买下那幢风火墙里残破不堪的地主屋。价格不会高，修缮费也可以控制在相当范围内。苗山老森林不多见了但碗口粗的松木还有的是，三姐家自己就种了大片松，砍伐下来，请全寨男人都来搭把力，换掉朽烂的木楼梯、地板、门窗和屋梁，再请建筑师设计改造洗手间厨房。改造完毕，再用本地桐油把木屋从头到脚从里到外狠刷几遍，我就不信只有英国意大利法国人才懂得怎样保护翻修老房子。

三姐要是愿意就自己住，反正儿子女儿都到外地打工去了，多余的房间收拾干净用来待客，赚点旅游钱。我跟三姐说国外现在流行一种叫作B & B的租房方式，就是在既不影响屋主安然自住的前提下，以低廉价格方便外来游客。现在的三姐也玩手机，还认识很多朋友，朋友们介绍几个远来的游客住几天，赚了钱养了老房子还能自己住，多好的双赢方式啊。

其实这一大堆话都闷在心里没对三姐说。

三姐不年轻了，她哪里会有心思去买别寨的地主老苗屋？这年头能不轻易拆掉自己的老屋就不错。

发展旅游要让当地人得利的路还遥远得很，我的梦得继续做下去。

新嫁娘，“蛮”情歌

二十多年前某个夏、秋天的我，穿一身在那个年代还新潮的纤维长袖衫，去黔东南苗乡。记得长袖衫的图案是黑灰沉稳线条交叉出小白方格子花纹，那种化纤面料的好处，是不会有洗后棉布衣衫皱如从泡菜坛子里拉出来的样子，看着还利落清爽。

那时的我吃得苦，辗转到了台江，在丘陵地貌中从一个苗寨往另一苗寨走去，没水壶没遮阳帽就上路是常事，不出半里路人就走得满头热汗，湿发一绺绺搭在额上口干得要死。那年头可口可乐还是稀罕物，瓶装矿泉水就是有卖的也买不起，年轻就这点好，苦过累过，大吃一顿睡一觉就恢复过来。

我是否还是带着那台某人用过好些年的海鸥120相机？机身漆色剥落，那台相机曾有过被人连书包一把重重扔在地上，还一屁股坐上去的经历，换成今天金贵而脆弱的好相机，恐怕早就粉身碎骨死翘了。可那时的国产相机石头样结实，被重丢乱坐竟也

走回娘家寨去的新娘

没坏，带它去苗乡拍照理当是最佳选择，必要时用它当砖头打野狗也未尝不可。

如果真是那台海鸥120相机的话，打开相机后盖装胶卷就一定是在屋子暗处，或者干脆用被子包住相机，摸索着拉出胶卷片头，长度刚好卡进齿轮，然后迅速关好后盖，但愿胶片卡紧别松脱了，这么做的目的是期望能利用胶卷片头多拍一张半张照片。那时候去苗乡能买个彩色胶卷已经奢侈，多拍半张也是福利。

那时去苗乡通常是随身背个小书包，顶多再带一个提包，有一两件换洗衣裤，连多余的鞋也没有的出行法。书包里是会有百多块人民币的，一路用在吃住上的绝对是微数，这不多的钱是为买苗刺绣用的。为什么要买苗绣？当时的我们并不十分明确，就是直觉地喜欢这种民间艺术罢了。

只是天生怕热的我越走越烦躁，黄泥公路上来往车辆很少，闲耍的苗人也不多，挑着背着或空手走路的苗人都匆匆疾走。他们脚下噌噌走，微尘腾起我鼻子发痒——路干几天没下雨的关系。

远远见一群亮硬褐色衣衫苗女大模大样走来，走得萎靡的我顿时来了精神，赶快掏出相机打开镜头盖，来不及找过路人问她们在做啥，就见个个仰脸挺胸神气的苗女们走近来。拍照时眼尖发现簇拥在她们中间还有个红盛装打扮的苗女，前呼后拥的苗女们边走边伸手帮盛装苗女牵衣护银，苗女端着盛装上身披挂的银饰声韵动听，亮闪闪耀人眼。这群人就这么走近，走过，再一步步威风远去。

多年前与回门新娘伴娘群的首次路遇（约摄于1984年）

护卫在新娘边的苗女们

那些穿上二等盛装要去接新娘回娘家的苗女们

那是第一次在大路上见识苗新娘婚后娘家寨里的所有未婚姑娘来接新娘走回娘家的风俗。才晓得这一带苗女新娘婚后要是住在夫家不走，是要被人耻笑的苗传统。

施洞苗盛装和银饰皆重，新娘低头不看左右眼盯地一步步稳走，表情步态凝重，全无她娘家伙伴们那样的快乐神色。

在这群神情两极的苗女前后抓拍几张照片，按几下快门就收手，胶卷费冲洗费也贵，消费不起。可回门新娘表情让我奇怪，她是真不快乐还是苗传统习惯里的新娘就该是如此表情？记得当时冲口而出的疑问惹来苗女们哗啦一片笑，我说要是娘家寨子有好几十里路远，你们也这个样子走回去啊？

苗路艰难，泥路天晴下雨都不好走，苗家新娘子穿着盔甲般苗盛装，再戴上足有几公斤重的各种银项圈银花冠，换了我别说走不了远路，就是有轿子抬我，怕也要闷热晕过去。如此一想，走回娘家的新娘面无欣色再自然不过。

顿时明白了施洞苗嫁女要的就是这份显摆，一路招摇走回娘家寨去，沿途所有寨子的人都看得到新娘出嫁又回门了，一身红盛装银饰端得昭告于天下，在苗乡，女人家的富裕由银饰，能干是由她自己刺绣的盛装可视的。

陪新娘回门的苗女打扮也有特色，上半身新苗衣浆得硬邦邦的，衣襟斜线支楞的苗女们没围传统织锦围腰也不穿裙。那时的她们多穿军用胶鞋，脚上有双白回力鞋就很时髦。苗女头帕上用鱼线兜出半圈弧线颤巍巍好看。这帮也浑身喜气的穿着二等盛装的苗女，愈发衬得新娘传统刺绣盛装无比绚丽，衣裙前胸后背缀满银饰的搭配简直是无法形容的美。看从身边走过的新娘，被她头上脖上银花冠粗大银项圈惊得眼花。

苗家的婚仪对比出汉人婚礼的单调缺乏美感，革命几十年的中国人普遍穷得叮当响，哪怕是大城市里有工资可领的干部工人，谁也拿不出这等华贵盛装银饰来炫耀。红潮革命下很多人包括我，连金银是什么样子都没见过，某些还有点私货的人家深藏唯恐露富，那年头的汉婚礼已经简朴到极点，完全不能想象黔东南深山苗地婚礼是如此绚丽华贵。苗新娘穿戴银饰一路这么走回娘家，对我来说几如天方夜谭故事。汉文化里对黔地戏说中多有调笑，“天无三日晴、地无三尺平、人无三分银”之说流传甚广。就连我那些年中买了苗衣苗绣追问来历，也常听到因畏避土匪强盗，苗人抱起家里值钱盛装不小心掉到冬水田之类的传说，贫穷还匪多的苗地苗人却以这种面目示我？满身银饰加盛装的新娘就这么安然走来走去，无人抢劫也未见壮汉保镖跟随。

那种惊，伴随很多没想清楚的疑问。

去施洞一带次数多了，路遇婚仪还有一两回，那秋天回门的新娘伴娘队伍，没芦笙锣鼓吹打伴奏，一大群老少苗女挤挤挨挨陪她在山间小道上走。新娘依然传统盛装银饰在身，伙同娘家寨子的人在山间行走，女人簇新衣裳，山道两旁秋树秋叶色彩美妙温暖。迟疑招呼一声，持伞着绣花鞋的新娘大方站住让我拍几张照，光彩夺目得很。

认得那新娘的人后来告诉我，新娘子身上的银饰有几件是亲戚家的，苗人家传几代攒下的银饰能凑齐整套的人家少得很，就

再遇回门新嫁娘(约摄于1985年施洞一带)

山路上，女人队伍比花艳

新娘盛装华贵，但无浓妆艳抹

新娘和她妹妹，小姑娘戴上不多的银饰一路相伴

所有的目光聚在新娘身上

是富得流油的人家嫁女，借几件亲戚的银饰佩戴也不丢脸。

带回成都冲洗的胶卷效果还好，只遗憾没钱多拍。

那两个胶卷有点偏色，一卷较黄另一个倾绿，许是药水配方不同浓淡之故，我倒很喜欢照片上不知名的苗新娘，每翻看到这些照片，遥远土路上新娘的盛装银饰有股淡淡的乡土味泛起，几十年过去，她们婚后要是有孩子的话，都该是成年人了。

我猜过去几十年中不管世道变化多大，那些施洞小苗女长大了总是要按传统婚嫁，依苗风俗去游方去踩鼓来寻找意中人，但她们婚后是否还是要像过去那样走回娘家我就不清楚了。

离开中国转眼就过去二十多年了，经常回国，看父母家人，也参加一些国内的文学活动。私人原因却未再回去黔东南苗地，直到近年重新整理我的苗绣收藏研究，下决心对此做专题深入探索，也完成这本拖了好些年的未完成的散文集，今年三月定妥机票飞抵贵阳直奔黔东南之际，重返这个字眼变得非常直白具体起来。

全新的交通方式改变了整个黔东南，一路辗转到苗寨住进朋友的新楼新家，新楼里的瓷砖地，整排大窗户明亮新崭崭得夜如白昼。老苗寨似乎已经消失大半了，至少在靠近公路的地方是这样。苗族男女的装扮也极大地汉化，到处的标语口号都是汉字，连卖黑枪黑车的涂鸦都是汉字书写在石墙电杆上，汉语汉文化的冲击如水银泻地。

有好几天时间强烈感觉不适应，心里空落落的，不知我这次的重返，还能见识接触到多少地道的传统苗文化。

突然就听说寨子里人家有婚仪，一起去看热闹。朋友的媳妇

二十多年后重返黔东南，在老屯寨再见到苗婚仪，新娘在自己的房间里钉缝银饰带

打扮新娘，苗盛装银饰迷人

已经打扮得花枝招展，和她几个姐妹要去吃酒送礼。拎起相机包揣上手机赶紧跟去，结婚的人家住在寨子另一头。

路上稀里糊涂没搞清同行几个苗女是什么亲戚关系，似乎新郎是她们的兄弟，几个苗女似乎又是朋友媳妇的表亲。我就想着这次无论如何要多拍点照片，数码相机不能手软。

踏进那老苗屋里当作新房的偏屋，记忆中断的时空重新交织，错觉我好像登上了那著名美国电影“回到未来（ Back to the Future ）”里的时空车。此时再见到的，是施洞苗家婚仪的另一部分，又如电脑“暂停键”被轻轻松开，过去见到的许是上一段或者下一步的婚仪错开着，序曲接尾地梦幻演奏下去。

完全没空提问聊天，端着相机的我忘记了外面的世界。

那场婚礼的男女主角均是再婚，是地道苗人，回到家乡来举行传统婚礼。

进老苗屋用作新房的那一小里间，年轻新娘正坐在她的婚床边整理缝在红布条上的银饰，那是花冠脑后垂挂下来的银饰部分。木板壁包括天花板被当作壁纸的蓝花塑料布通遮，被子松软几折堆在床上，小屋窗户阔大，光线相当明亮，没有传统老屋的暗郁色彩。

出新房见堂屋里挤了好些女亲在七嘴八舌说苗话，才拍几张照片，人说新娘已经开始穿盛装戴全套银饰了。奔回新房拍照，镜头总被人头挡住。退不开找不到可以站得高点的地方，只好把手机掏出举在头顶上乱按几次，再退回堂屋看能不能抓拍。

新娘穿上手绣蓝盛装，头上身上银饰夺目，浆过的深紫色百

打扮好的新娘跨出高门槛，去隔壁人家喝酒吃姊妹饭

迈过高门槛

褶裙硬挺，她斜抬腿跨过高门槛，端着走到隔壁屋子去吃同寨女人们为她准备的饭菜。

那屋里已经是满满一屋子戴施洞标志性红条纹头巾的女人头，矮方桌上盘盘菜肴被女人们簇围得看不见菜样，旋即出现空隙人站坐不等，人手一碗饭菜积极开吃。新娘被人递过满碗饭菜，就那么站在门边屋角，半背过身去几筷子动作快速吞咽。大概是姐妹亲人屋主人端起酒碗连唱带吼几嗓子，满屋子苗女喜气热闹应和。

糊涂看她们这般风卷残云地吃，耳旁听得人说还要去寨里另一家人再吃一台，就拔脚先走一步，随人去那台食屋等待新娘走过来。

那家人堂屋里菜肴已在桌上摆放好，屋里屋外好些女人小孩都等着。出门见新娘在各自拿着碗筷的女人簇拥下，款款从屋角拐来，进屋去，屋里瞬间挤满老少苗女。众人大吃，新娘依然在屋角站着，端庄不出声吃掉自己那碗饭菜，流水席第二台。

不料众人还要走回老苗屋前的院坝，最后一台吃食由各家女人端出自做的菜，放到水泥坪上两张矮圆桌上，圆形摆满，中间的大盆苗家辣酸汤红彤彤的，看看也胃口大开。所有苗女聚拢来，有手机的女人拍菜。几个画了大宽黑刀眉的十五六岁着汉装的小苗女邀我一起吃，端碗神情半是羞涩半大方。我谢过她们说要忙拍照，你们吃。

这群女人端起酒碗用苗语高喊，众女笑嘻嘻和声，我猜译成汉语应是祝福语且如赞歌：

新年才过不久，门上大红喜气汉字春联还残存着舍不得取掉

苗家婚仪上的姊妹饭，朴素但心意满满

新郎在酒席屋外探头探脑，偷看他的美新娘

早生贵子，多子多福哟！呵喂！

镜头里的新娘成熟沉稳，脸上小酒窝微笑浅现，施洞苗女长得蛮好看。

这才有机会细端详新娘簇新蓝盛装，该是新娘子精心刺绣，刺绣手法是施洞传统破线绣，绣成的动物人物图案皆细细精心锁边，施洞特色好看但极费工夫手段。

盛装上刺绣图案造型传统现代因素混杂，小肩花绣片上竟是在苗屋檐下牵手并列的一对男女造型，上面有苗男骑大鸟，下为苗女御龙。过去盛装上图案的喜气在，传统龙、鸟图案也有，但这件新盛装刺绣再直接不过地画出绣出的新时代男女婚嫁寓意，却在老盛装上从未出现过。

盛装刺绣图案的现代特色过渡到苗新娘那对粗大金耳环上，足金耳环厚宽，环形外缘上篆刻的花纹细腻，自然不是苗银匠打的。过去到苗乡从未见过苗女戴金耳环，倒是常见苗女爱那种巨大沉重的老银轮环，老少苗女不戴那种耳环时还担心耳垂洞缩小封闭，就塞一小把干草在耳垂洞里保持扩展状态。见过一些老苗妇所戴的银耳环过重，耳垂令人惊讶地破成两尖瓣，耳朵再也无法佩戴银耳环，那时的施洞苗女爱银无人戴金。

时间流转不过二十来年，金耳环的财富象征耀我眼花。盯着苗新娘耳朵看一阵，不知什么时候会走到全身金饰的那一天。

早就知苗人婚姻的自由宽容度从来比汉地婚姻制度更文明，施洞苗族男女既会以传统方式在“游方”对歌中自寻意中人定情谈婚论嫁，苗父母要为子女包办婚姻也不妨。多年来，婚姻也有

走去寨里第二家吃姊妹饭。除新娘外，人人各拿着自家的碗筷

为新娘整理银花冠

大步走着的新娘，威武俊俏

桌上菜盘大，小女孩的碗也大

新娘美丽

不顺感情不和的，苗夫妻可离婚并再婚，“从一而终”真不是苗家婚姻传统。

这对新娘新郎出苗山走到南方大城市打工，旧婚姻淡去，相爱了的两人要结为夫妻时，大大方方回苗乡来，还照苗习俗穿苗盛装按苗婚仪好好再嫁娶，该吃该喝昭告于人的热闹一样不缺。

前后左右忙拍照，我看这场婚仪女人家的流水席吃法才是真正的“姊妹饭”。几户人家摆出的饭菜，食客全是女性，寨里成年男人仅远观根本不靠近。有人指给我看那位在屋外抱着小孩探头探脑、身胚壮实的西装男就是新郎。热心过去问他要不要跟新娘合张影？他居然连连摇头害羞跑开，这才想起苗人家里很少见到男女合影老照片，男女有别的传统习惯还是蛮强大的。

姊妹饭菜一一食毕，矮桌上菜盘空了，远处的男人们才弯腰打开鞭炮大纸箱，拎出成捆鞭炮往地上抖落散开，五六条十来米长的红鞭炮夹点燃，鞭炮声震耳，水泥坪上满面喜色的女人小孩都藏进屋里没了踪影。焰过声绝落红遍地寂静一阵，冲出个黑衣胆大的小男孩，在满地红屑中搜寻漏炸的小鞭炮。

吃姊妹饭的老少女人们无人衣着传统苗装，连二等盛装也不穿。女人们穿着暖和的羽绒服呢子大衣，年轻的几位苗女穿着时髦紧身裤，时髦地踩着高跟鞋挑着活鸡鸭袋装香米，来参加这婚仪吃姊妹饭。公路通达的黔山苗乡，已被新时代外来文化改变了。老苗女看年轻人时髦装扮的眼神习以为常，小姑娘就多是满眼艳羡了。

如今偏僻的大小苗寨里也电视天线林立，走过有电视的苗家门，满耳是抗战剧、清宫连续剧和动画片声音，各种商业广告片腔调高亢顺便普及汉语。视听环境改变了，传统苗文化存活的范围缩小，如汪洋中的孤岛，能不被全淹就很难得了。

更何况现代衣衫的确比传统苗衣保暖还行动自如，对从来就是家中劳动主力的施洞苗女来说，她们要穿暖和方便的时代衣裳，自有道理。

可施洞苗人和贵州上百种不同衣衫打扮的苗人，特别是苗女们，知不知道她们有多美多迷人？她们便装盛装刺绣蜡染包裹的身躯灵魂何等天然瑰丽？传统文化习俗未必需要全盘保留，但仪式性重要场合上也不见这些美丽传统，那就不是遗憾而是民族之殇了。

画家高马得先生年轻时曾在贵阳一待七年，那是抗战时期。画家叶浅予对高马得先生编的"国民画报"兴趣十足，1942年从香港去重庆路经贵阳时，还专门约他一起去贵阳花溪看苗人赶场，现场画速写。五年后的高马得画出一批绝妙的《贵州少数民族情歌》在当时报刊连载两年。2014年重新整理出版的这本《蛮情歌》，其画之妙，我认为至今无人超越。苗人的苗情歌更是词意真切动人，他们的情爱观念生动毕现。

比如苗情歌可以这般歌唱他们的新恋情：

新的伴，新的伴
星子悠悠在半天
星子在天伴明月
我俩情意在后园

婚仪姊妹饭女人席中，挤着好几个小男孩一起吃

妆浓眉的年轻苗女孩

泡酒淡，后味浓长

美丽新娘（摄于2016年3月施洞老屯乡岩脚寨）

爱到深处的苗男，吼出天不怕地不怕的勇气：

蚂蚁爬树不怕高
有心联娘不怕刀
有心联娘不怕死
跑到平地刀对刀

非常喜欢高马得笔下的苗族男女形象，寥寥几笔，极传神。朋友送我这本小书让我见识到20世纪40年代画家笔下的苗族男女，与我所见的20世纪80年代的苗形象苗文化奇妙重合。特别是这次重返黔东南后再读这本书，看看我这次返黔再拍的苗婚仪新嫁娘，感叹我也是学画的人，但真要拿起画笔来，我是画不出高马得那精彩画作的。

至于“蛮”之说，深信高马得先生不过是借用这旧词而已，文明的底蕴高下，岂是一个蛮字可以掩盖得住的？汉文化被自己的“进步”“文明”挟裹着跌撞前行时，那种视野观念上的局促狭隘，很需要重新审视审判。

黔山苗地里保存的这些意义美妙的民俗，恰恰是现代人类学家梦寐以求，恨不能如实记录、深入探讨抓紧时间研究的最佳的原滋味习俗文化。

幸运的是，在黔山与这样的苗新娘苗盛装数次相遇。

张姐

现在回头看，张姐可称得上是黔东南苗族中的传奇人物之一。

20世纪80年代初我到贵州黔东南认识张姐，并未真正意识到那在中国当代历史上可称最特别的年代。几十年经历不断政治运动的中国，打开国门不久，趺趺撞撞进入经济商品时代，允许国人少许顺应发展经济的可能。那时别说黔东南的苗人不知经商为何事，就连大城市原本有几代经商历史的人，也被历届政治运动绞杀了商业根苗，从大锅饭从国家统管经济模式里，小心试迈出脚来的年代，满是恐惧害怕。

生活在黔东南的男女苗人，在那几十年中还受地理位置制约，绝大多数没去过省内外的大城市，尤其是在天高皇帝远之地苦熬生活，教育程度低还已婚有孩子有家庭重负的苗女，没去过县城是常见事。

那时的张姐不仅有商业眼光，意识到苗绣的艺术商业价值，接待偶尔来苗寨的外客时推荐卖点苗绣，还居然有勇气带当时中国籍籍无名的施洞苗绣，去到上海苏州等汉地大城市寻找荐销出路。

回望那个年代，张姐走出的是极为大胆有勇气的一步。假设今天世界对精彩绝伦的施洞苗绣已有认识，张姐该是无法绕过的要紧角色——我认为。

这次回到黔东南再见到张姐，与二十多年前记忆中的相比，岁月加上多年前她搭乘拖拉机出的那场车祸，在她脸上留下了浅浅痕迹。二十多年未见，这当年苗寨里个子很高腰板很直的人，似乎比印象中稍矮了点。可性情开朗依旧，她那一串哈哈笑声里最后快乐爆破音收尾的特色不变。

住在老屯张姐家几天，我要东张西望到处看，要听苗歌拍苗人照片，赶苗场吃苗人饭。张姐也有自己的事要做，白天要帮大儿子看小店，晚上要去跟几个老头子玩玩牌，我们凑到一起聊天的时间并不多。得空闲聊时，我问起她当年哪来的胆子，就敢跑去上海苏州找门路卖苗绣，问她以前是否去过那么远的大城市。

张姐一笑，说“文化大革命”初期红卫兵大串联他们苗乡也闹过，她跟着去串联过，走得不远，到湖南就回家来了。

粗算，还在读高中的张姐是当时苗人中学历高的，她读的高中基本上是苗学生，班上就两个女同学。

毕业离开学校到走入婚姻是每个苗人必然经历的过程。按传统，苗族男女结识可以通过游方唱歌，也可由父母家人介绍，没

二十多年前的张姐，穿上反排短裙苗装做模特儿给我们看

张姐当年接待的外国游客

和小女儿

想到张姐和老姜的婚姻是后一种，张姐家所在的白土寨离老姜的岩脚寨直线距离不过几公里远。

读过书到过县城去过湖南的张姐，婚后过的还是传统的安稳苗家日子。

年轻夫妻是寨子里的“积极分子”，当民兵连长，做妇女主任，还要生孩子种地劳动养家。为建房，老姜上山砍树，在山上把枝丫修理干净，将木材挑下山到离家一半路的地方放下，再回去继续劳作。苗乡风俗淳朴，看似无主的路边木材也没人偷的。在家的张姐喂饱了孩子给小孩穿好衣服，背起孩子再去把老姜留下的木料连娃娃一起背挑回家来。

“这个老房子是我和老姜一手一脚建起来的，起屋时，全寨的苗人都会来帮忙，苗屋子都是这么建造出来的。”张姐和我坐在她家新楼后面的老堂屋里，木楼苗传统建筑看着很舒服很温暖。

遗憾的是，张姐这幢极有苗人特色的干栏式吊脚楼，已经拆去宽大的带美人靠的座枋客厅部分，拆掉的前面空地上，建起了一幢时髦的三层水泥砖瓦新楼。

楼之时髦，水泥瓷砖大窗户样样不缺，室内装修和使用的家具不输城市汉人家。

二楼大客厅两头是两间卧室，大儿子夫妻他们的小儿子、大孙女分住两边。张姐带着小孙女住顶楼那层，除卧室外，楼顶上还有个宽大的水泥露台。

底层大门就在新水泥公路前，面对着有数幢教学楼的知行小

退休后的张姐在她家自留地里，油菜花金黄

张姐和她的孙子孙女

张姐的小儿子

张姐的大女儿

学校。底楼几间屋子就有了大儿子的以小学校学生为顾客对象的小商店，店面毫不讲究，极简单的货架小桌上卖的是文具课本和低至几毛钱的小孩子们喜欢的便宜食物饮料。其余三间店面不住人，存放的是张姐老姜的各种农家器具杂物。

大半传统老苗建筑隐于新楼之后。还是老姜念旧，舍不得搬出他和张姐亲手建造的苗屋，老姜还是住在他和张姐共同生活几十年的那间不开门就漆黑一团的老屋里。我曾住过多次的小偏屋和旁边的睡房如今都没人住了，堆满了这个家庭近二十年来增长惊人、无用却又舍不得扔的家庭杂物。

张姐让我住在新楼二层的大客厅沙发上，拿来四五床大小棉被，有的垫在沙发上让我睡得软和点，脚上身上再加盖几床被子沉甸甸的暖和。

好几天无法安睡，近零下温度的夜晚睡不着并非因为冷，而是苏醒的记忆刺激作怪。

在那样的夜晚突然记起来张姐老屋的全貌，画面清晰到不可思议的程度。

记起二十多年前张姐的吊脚楼也是在大路边上，自然原木色的吊脚楼半开放式厅堂前，二层的苗家木制美人靠高高在上，假如张姐正坐在那美人靠上跟人闲话做事，一转头，就能看到从泥路远处走来的我或其他外地客。

她会快乐高喊一声：胡老师，你快上来哟！

早已走得疲惫热昏的我就加快脚步，熟门熟路从吊脚楼旁门进，绕进厨房再几步窜去厅堂美人靠上，一屁股坐下，要是那时恰好有风再美不过。有熟地方吃饭歇脚喝口水，身心那天就妥帖实在下来。虽然那时的张姐，仅有的不过是苗家的酸汤米饭。

张姐苗吊脚楼前的泥路苍黄，在日头下泛白黄的尘土飞扬。那条宽宽的泥路缓缓半环绕过张姐的苗楼，就像河道那般自然。绕过山脚边张姐和她身后的苗寨，路是往施洞镇方向延伸去的。泥路上来往的下田耕地上山砍柴、牵牛背草的男女苗人，经过张姐吊脚楼前，互相招呼问答说苗话，大概在说我这个外乡人从哪里来，来做什么。说着说着，路上的人已拐过弯去不见踪影。

那时的太阳火辣闷热。

记起了张姐吊脚楼前土路那边的大片烂泥田，青葱成熟的稻谷，割稻后留下的短束稻茬画面交错。大片烂水田并不肥沃，附近苗山上光秃秃的，猴年马月就已经砍光了树林，人得阴凉去处就只有苗屋那美人靠一小块地方，风不来也不凉快。

那年月在张姐的美人靠半露台上，见过很多来兜售刺绣的苗女们。呼啦啦上来的苗女三五个挤作一堆抢说苗话，张姐就汉苗语双译帮双方说价，嘻嘻哈哈中，她帮寨里苗女做成的小买卖多得很。张姐的气度在于，在寨里的地位，还会讲汉话，但不觉她偏心哪方，帮人帮得很实在。

懊悔当年真穷买不起几个胶卷，那时要有今天的数码相机，不知会拍多少照片。没把张姐的老苗楼拍下来，现在想起就说不尽的遗憾。

在张姐家新楼住失眠得厉害，夜深睡不着天还没亮就醒，小学校门口的灯彻夜亮。醒来盯着张姐客厅的博古架看，架上物品

在张姐的新楼里住了好多天，该有的都有了，生活方便。可在那些日子里，我还是怀念张姐的老苗楼，要是它还被完整保留下来该多美？

退下来的张姐还是那么能干，壶里的泡酒客人要多喝啊！

的黑色剪影，似有座伟人的立像，还有奔马或者牛的雕塑，再看好像还有人物和某种线条简练的现代装饰品立在博古架上。透过整排纱帘看得见玻璃窗上的红色圆形剪纸，和再后面小学校围墙和教学楼影。不能沉睡我也没抱怨，想得起过去几十年前苗寨环境有多苦，现在的日子尽管不尽如人意真不算什么。

说实话，岩脚寨新貌新街景令我深深失望，变身为汉地风貌的苗族小镇寨子，让人惋惜心痛。眼见新水泥公路两边的水泥楼房建筑密集，不少建筑外竹子脚手架还捆绑着，水泥残砖垃圾跟果皮塑料瓶饮料罐生活垃圾，混杂乱扔无人清理。新建筑的卷帘门下小生意店铺生意清淡，乡寨街上有粉面小馆小杂货铺数家，一家理发店，几个蔬菜鸡鸭街头小摊，乡寨路口挂着政府机关牌子的建筑与新民居建筑，基本上失去了传统苗味。让我不止一次自问：天遥地远专程回到黔东南回到老屯乡岩脚寨为什么？就为来看来住这样全无苗族记忆的新楼吗？

张姐的老屋还在但被她家新楼遮蔽，新公路的坦陈还将她家由原来的寨前变到寨尾，岩脚寨被完全结构的结果实在是出人意料。新时代潮降临之际，人身不由己随大流，要坚持就很难了。

说张姐是苗族中的传奇人物，还包含着她过去二十多年中，从普通苗女到妇女主任、岩脚寨党支部书记、施洞苗绣传播推广推手，到成为县、自治州、省、全国人大代表、党代表、劳动模范、苗绣传承人、中国女经纪人代表等耀眼政治角色这段人生奇路。走出施洞苗乡是发自张姐内心的勇气智慧，后来频繁代表州省出现在各种大型政治舞台上，则是时代赋予她的光环。她身上

张姐大儿媳和寨里妇女主任为我唱酒歌

老屋一角

所有的巨大变化都是在我离开中国之后发生的，记得前几年越来越多想起她，开始在网上寻找她的名字，发现她走到那么高时的惊讶。再后，信息中断不再有更新，我甚至开始担心起来。直到临回黔东南，朋友找到她的电话重新联系上，我的心才放下。

二十多年并未在她身上留下多少痕迹，张姐依然是那个张姐，如今远离了曾经的人间辉煌，连村党支部书记也不当的她回归苗家庭妻子、母亲、祖母身份。面对几十年未见的张姐我十分好奇。

“你从那么高的地方退下来，不再频繁出席各种活动，习惯么？”我很直接地问她。张姐回答飞快：

“头一年有点不习惯，过了也就好了。”

张姐的淡泊很真实，绝大多数苗人骨子里何尝不是如此？就拿现在外出打工挣钱的寨里年轻苗人来说，挣到钱还是要回家乡来建房，想着要回来过自己喜欢的安然岁月。那些留在寨子里的苗族男女与风起云涌的外面世界更有距离，就连像张姐这样的乡土名人也没太多的概念。

到老屯那天，问过好些在街边摆摊或玩耍的苗族男女，说起张姐大名，人都摇头说不知道。最后是一家小摊的中年苗男脑子转过弯来，对他忙着卖粉的女人恍然说：

“就是‘十六大代表’的那个张奶嘛！你们往前走，她家在小学那边。”

见到张姐丈夫老姜才晓得，那天张姐还在州府凯里她小女儿家。思量此行时间这么短，等她回来还不如先去别的寨子转转。

说走就走，趁朋友的车还在。

几天后再转回岩脚寨时已近深夜两点，外乡的我们哪里找得到张姐的家？一个电话打过去，张姐还在等我们没睡，她说她会站到屋外来。车灯到处，张姐头上裹着施洞苗女特有的红线条头巾，穿得厚厚的在寒夜里张望。

这么多年没见到张姐，总挂记着她，想为她做点什么。

那几天天不亮就起来沿新公路把寨两头通走好多遍，前后仔细把寨子打量。拿定主意后我告诉张姐：

“我走以前，想用一天时间把我住过的你老苗屋那间偏屋收拾出来，好么？”

张姐不好意思地说：屋子太脏，堆那么多乱七八糟的东西，没好意思让你整哟，以后让我大儿和媳妇收拾算了。

解释说：我喜欢你的老房子，这么好的苗屋用来堆杂物太可惜了。我先帮你收拾一间，以后有空你再把另外两间依样打整干净，以后召客来住，你可以收他们的房钱。现在外地外国人走到寨子里来耍，最爱住这种老苗屋呢！

我是说动手就真干的那类，动手先撕扯钉在偏屋天花板上的蓝花塑料布。

在别的苗人家里也见过这种用竹片加钉子钉住塑料布的做法，人说是为挡天花板缝里落下的灰尘。老苗屋皆是寨里苗人自建的，木天花板缝隙不严密，落尘确实多。

塑料布好办，蓝花塑料布早已老化，一撕一大条夹灰裹沙的脏。那些竹片上的钉子钉得密集，要弄掉它们很吃力。竹片还有锋利的弹性边角，不小心会割伤手，百般小心拔钉撬下大竹片，用去好长时间。

张姐见状赶紧找条大毛巾包住我头，又翻出一硬化的塑料围腰给我胡乱围上。

小偏屋不过3×7米尺寸，杂物几乎塞满大半房间，连单人床下都塞满了东西。我让张姐就在旁边看着不要动手，待我一点点清除杂物，她在偏屋门口决定杂物是否需要保留。有用的东西收好，垃圾装进大麻袋拿走扔掉烧掉。

惊叹床上床下大小柜子里有那么多鞋袜旧衣服老年历，多年前我父母家里的杂物也是同样一大堆。可二十多年前的张姐家，除了几件衣服简单家具和各种农具外，这些无用之物无疑是近二十年来商业大潮带来的垃圾，如我父母那样，经历过物质极度贫乏的人大多舍不得扔掉杂物，张姐的几间老屋里都是如此。

足足花半天时间才把偏屋所有杂物清理出来，还拔掉木墙上无数乱钉的大小钉子，用湿布墩布擦墙面拖干净木地板，吸尘器吸掉天花板上悬挂的尘网、小木窗格板上的几十年陈灰，留下张单人床、床头柜，几张有时间质感的老木凳，偏屋回到原来所有的小而简约美的样子。

把门窗开敞着，等风去干透偏屋的木墙木地板。

我说张姐，让你大儿子把灯拉到床头边，把开关重新接通。以后任何时候有客人来，你只需要铺上干净床单被子，这间偏屋就是很不错的客房了。

张姐极聪明，看懂了我的意思，主动说偏屋前堂屋的两台机器麻将桌可以放到不用的老厨房里去，堂屋让以后的客人用。

方正不大的堂屋里，张姐老姜与时俱进地居然放了两台机器麻将桌，寨里的熟人朋友不时来玩。可电源线很随意从天花板上牵接下来，毫不顾忌美观的随便就悬吊拉扯出插头，机器麻将桌接上电源自动洗牌方便，但堂屋非常乱。跟偏屋一样，堂屋桐油刷过的木墙板上灰尘很重，墙上张姐参加各种会议的照片没章法地胡乱挂着。

张姐既有此想法，我自然赞同，堂屋里的老沙发不用搬走，只要换张干净蜡染蓝布铺垫，再找张老旧矮方桌当茶几，茶几上哪怕是随便找个空酒瓶，插把田里的油菜花，这个堂屋就好看起来。

这就顺手把堂屋里也收拾了，拔掉木板壁上大小钉子，擦干净蛛网灰尘，打扫干净香堂上半寸厚的香灰，清理扔掉矮柜里外各种无用物，沙发前的老木火盆留着，天冷时烧炭取暖正好。擦干净了的木板壁颜色深紫油亮，堂屋也变了样。

索性催张姐把她的所有照片都找出来，我打算进一步挑出些有价值有意思的镜头，比如早些年张姐穿着全套银饰苗装的照片，在参加人代会上她与热爱中国传统民间文化的作家冯骥才的合影等等，拼一板张姐一生中最值得纪念的照片，还想利用堂屋墙上现成的那个大镜框完成这件照片组合。

镜框里是张姐参加某次国家级会议时与某位代表质量很差的合影，那位代表千里迢迢把模糊合影放了张极大的影像寄来，为不辜负人家情谊，张姐还真装上大镜框一直挂在墙上。张姐同意用那大镜框按我的想法组贴照片，看我把选出的照片慢慢贴好，多彩有看头的照片让这个大镜框焕然一新。

只可惜这塑料镜框材料过细，已不能承受住大玻璃及底板的重量了。

想想还是把老镜框套上，背面用钉子简单固定好，斜放在张姐的老沙发上。嘱老姜记得找几根类似窗框的有简单线条的斜面木料，请寨子里会木工的人按镜框玻璃尺寸重新配框。不大放心，又手绘一张示意图交给张姐，强调边框要做得宽大最好，挂上墙才气派好看。

堂屋墙上还有几幅被国家领导人接见及大型会议后的集体照，那几个镜框皆完好，一一擦拭干净重新再挂上墙。

张姐看我动作，有了疑问，她说：我的照片挂得比领导照片还高，要得么？

我嘿嘿笑说：哪管得了那么多。

解释这些照片要挂得上下均衡，头重脚轻不好看，你看这么挂是不是好看得多？这是张姐你一辈子的荣耀，大方挂出来，来你家的客人都看得到，好得很嘛。

张姐一笑，欣然认同。

堂屋偏房被一点点改变容颜，边打扫边心里感叹。动手收拾打扫偏屋堂屋时问张姐：要是你自己开民宿需不需要向谁申请？要不要交税？

张姐摆手说：不需要，现在政府都不收我们农民的税了，开民宿也没得人管的。只不过现在外地人外国人来得少得很，台江县把我们施洞地方的姊妹节拿到县里去大搞，每年组织上万人到台江踩鼓，外国人就很少来我们寨子啦。

善绣还生意头脑灵光的张姐媳妇接过话头说：你们要是下个月来就好了，姊妹节那天台江县街上踩鼓的人好看得很呢!

其实在网上我已见过台江县姊妹节盛况照片，那是种商业性质的追求大场面大影响的浓妆艳抹穿戴花哨的表演，完全没有了从前在巴拉河河滩上的姊妹节淳朴味道。

原滋原味的姊妹节就是四乡苗族男女白日踩鼓吹芦笙寻意中人，走亲戚吃糯米饭喝泡酒，年轻苗族男女结伙游方唱飞歌的有生命力的民间节日，让此节日剥离开那种自然环境，实在是不敢恭维。啥时候人才会明白，把地方节日移植到城里去大搞特搞是多么糟糕的举措。发展旅游经济，该照顾节日发源地苗人的利益，而非架空榨取苗家文化资源。这不，到老屯乡的公路交通比几十年前不知方便多少倍，可没了各种游客停留、入住等随旅游带来的种种商业消费，老屯乡岩脚寨的苗人们就只好过点有温饱但冷清的小日子。

张姐家的老苗屋拆去前面部分实在遗憾，很多人家更甚，干脆完全拆掉老旧苗屋建新居，站到高处看老苗寨，寨子里新老建筑风格不协调的越来越多，看得我心惊心痛不已。这些现成的最好旅游资源被毁，万分可惜。

我知道这不是黔地苗人的问题，也不仅仅是贵州地域性遭遇，全中国城乡近二十年来拆掉不知多少价值难以估计的美妙民居。可悲追求城镇面目新大，是盲目愚昧，为政绩为私利而不管不顾的动作就是可恨了。苗寨建筑文化是苗文化最值得珍视的部分，消失或被无序改造，等于杀死一只只生金蛋的鹅。

保留完整老苗屋苗寨不是非常难的事，中国不缺热爱且懂得传统民族文化的建筑大师，因地制宜地改造老屋内部结构，让生活在里面的人起居更舒适方便并非做梦，有人肯做，踏踏实实一步步就能做成。

庆幸张姐还保留了她的老苗屋，尽管不是全部。我能做的，便是在短时间里为她打扫整理出一块不大的空间样板，张姐要真觉得好，复制不难。

而且我由衷地认为张姐是我认识的苗人智者之一，自然大气，荣辱不惊，气度非凡。

重返黔东南

重返这个字眼沉重，完全没有轻飘飞翔美丽意象。

我不知道我是否有勇气再去那个令我梦魂牵绕的地方。那种闷热中生出的无奈焦躁，兴奋中夹杂着刺痛破茧而出的自己，在好长时间里活得跌跌撞撞的艰难时光，是一段无法避开的岁月和地方。以汉人之心去体会苗人艰辛生存环境中的精妙刺绣，犹如路人之眼去看野花盛开，新鲜刺激中几乎忘记了当时我茫然挣扎的被背叛的痛。

理解宽容和时间皆不能化解，就只好难过离开，因为痛实际上无法释怀。在澳大利亚新西兰生活差不多十年后才开始动笔写下在黔东南的见闻感受。

开始动笔，语言文字写法就不完全是散文套路，看成是小说也未尝不可。我要写的并非风花雪月旅游之悟，那里的山水和人真让我动情动心，往日见过的人物山水树木深深铭刻心底，随我漂洋过海，在新世界中缓慢生成文字。有机会让这些文字面对海外大千世界，但受参赛规制字数限制，九章散文只能挑出五篇文字去参赛。我知道无论是文字还是情感，这组散文都是自己的最爱。

这组散文《梦回黔山》，2005年获得美国世界日报举办的第一届“新世纪华文文学奖”头奖，得奖金若干奖牌一枚，奖牌上的台湾陶艺装饰很可爱。

生活在海外后才明确写作才是我真想做的事，远超过“文革”中父亲为我挑选的“比较安全”的生存技能：绘画。这组散文获奖后并未结集出版，我亦不在意，写作的快乐与习惯令我痴迷，也因此让我有机会认识世界各国文友，参加一些文学活动。

2014年底回国参加了江西南昌大学和广州暨南大学的两个文学活动，通常健康结实的我，到广州后竟莫名其妙得了场大叶性肺炎。高烧过四十摄氏度，人却还在走动说话，只觉自己有点迷糊，不甚清醒地去大会医疗组诊治。医生量过体温给我些退烧药，叮嘱服药后待天明看烧是否退下来，退了就没事。

昏睡一夜似乎高体温仍在，就再去看医生再量体温。医生脸色沉重要求我必须去医院治疗，我继续晕乎乎不当回事。最后被专车送到会议主办单位广东暨南大学附属的华侨医院，推进医院立刻进行全面体检。到最后，才发现肺部X光片上有团阴影，确定为大叶性肺炎后马上安排住院。输液四天后烧退，病情稳定下来，不打算在医院常住，买了张商务舱机票睡回悉尼。随身带回医院给我的X光片、病历和处方药单，再请澳大利亚专科医生确

车上这条老公路我就大叫起来：跟我印象一样啊！山路就是从这里起头的

可公路左边已经看不到原来的河滩了，现在建起大量楼房，不再有人记得起河滩曾经的模样

开车上这条老公路百感交集，尽管旁边那条新水泥道不那么协调，我还是记得当年苗人送客在屋前斜坡上相互敬酒的温暖场面

江河对岸的小苗寨

清水江

认开处方药继续服用。一个月后重拍X光片，肺上阴影消失，我又成了活蹦乱跳之人。

那不可思议的一月就这样稀里糊涂过去，参加文学会议变成医院病客，从文短暂的生涯中，这是一次别开生面的记忆。

但那个月并没真的荒废，就在会议饭店住的短短一天半时间里，遇到山东文艺出版社一年轻编辑，她已从美国华裔作家陈谦口中得知我的贵州苗族老刺绣收藏，对民间艺术极有兴趣的她又知道我写过一组有关苗族的散文获奖，当即与我聊起出版的可能性来。交流投缘，接下来是E-mail，主要靠微信在大洋上空飞翔神聊。她说她的出版设想计划，我聊如何补写关于苗族的文字。聊来聊去还真又找回一点苗人记忆，就慢慢又写出几篇有关苗人的文字来。

可真要出一本书的话，《梦回黔山》九章的文字确实不够数。那些年中去苗乡时几乎没留下多少文字记录，我并不是勤于笔记的人。而且去苗乡买令人迷醉的苗绣需要很多钱，大学毕业生的工资收入有限，要留点钱买刺绣，就舍不得多买几个胶卷，胶片拍过还要冲洗又得花一笔钱。拍下的照片极有限，能直接唤起记忆的视觉材料也非常少。

所有的这些障碍困惑居然被我们的空中交谈一一冲淡，小朋友编辑极力鼓动我重返一次黔东南苗乡，时间长短不论，她鼓励我用二十年未再见的新鲜目光去看今日苗乡，去发现我原来多少熟悉的苗人苗地变化，同时借助数码相机的强大功能大量拍照，之后，回澳大利亚补写需要的文字。小朋友编辑认为，时空环境

老公路下山前的最后几道弯

老渡口旁那棵大树不见了，树址处建了新楼房

心境不同，所写出的书应该很有特色。这本书将有很多照片为它增色。

此设想让我心动好久，终于决定回黔东南一趟。不过时间有限，计划只能安排成连成都老家也不回的专门跑一趟黔东南，但回到澳大利亚是否能全力以赴写出新观察文字我也没把握。订机票、联系找到老朋友的重返计划就这么确定下来，去两周时间，回到那个一别二十多年没再踏足，那并非是我的家乡亦非我族，却是我人生难以忘怀的地方。

临行前小朋友编辑鼓励我说：老师，你放开写，随意！

可我真能随意么？我自问。

两周时间说来也不短，实际上却极紧张。时差搞得人晕头转向，醒睡时间乱成一团。那个月前后我已经在新西兰澳大利亚两国间飞来飞去，时差开始作怪，还没缓过来又接着飞中国，时差从原来的两小时变成五小时，生物钟全乱了。

更苦恼的是我虽“澳憨”多年，却因现代科技发达之便，天天上网隔岸关注世界各地新闻，确切知道今天的苗乡与我二十多年前记忆中的早已剧变。在这样大背景下重返黔东南意义何在？梦回黔山的记忆写法也不可能重现，心里有千百个自我抵抗想打退堂鼓的念头，真怕极度失望。

就这么矛盾着上了飞机。落地贵阳，很奇妙地立刻重回到一切均不在计划中的某种过去时光中。重回到所去所闻皆无定数，突发性的未知才为常态的光年里，虽然眼前所有的一切都变了，交通工具、道路建筑，还有曾经熟悉到不能再熟的人。

见到老友当然最开心，如同吃到怀念已久的肠旺面，此时再品，美味重油辛辣格外强烈，味道复杂交织。

接着就是奔主题去苗乡。

老话中“地无三尺平”的黔东南，高速公路已经四通八达，与我下一趟苗乡路上就要用一天两天艰难时间的记忆相反，到什么地方都可用快速两字概括。只不过高速公路所经过的大部分地方我都未到过，很多名字完全陌生的桥梁涵洞，眼角边飞逝落后的大小城市，规模程度都远超过我记忆中的老尺寸。所有城镇都在往高、往大处发展，新的高楼建筑群起，傍以巨大的告示让人远远看到。大到多彩贵州最美的高速、仰阿莎故乡，小到路边鱼店旅店招牌，多由红漆大字涂抹出或者刊刻在山体上。我真喜欢那些极具贵州特色的地名，但巨石红字看多了视觉疲劳，五彩贵州其实美在她自然山川地貌与多民族的斑斓美妙对比，绝对与大红字无关。

高速公路两边有非常多的梨树桃树，树皆不大，许是人工栽种，但肯定不是那种政绩树，不是那种将各地生长几十年上百年的老树，以金钱为润滑剂送官上青云的荒诞移植法种出的树们。高速公路边上这些绵延百里的花树枝干，花不繁茂，也不夺目，如乡下淳朴小美女。可以设想，这样的公路要是能熬过十年安稳岁月，无大小官员政绩渴求的胡乱折腾，慢慢长大的花树将来不知会把公路美成什么样。

贵州山形俊秀，东一簇西一簇的野山花，依旧在高速公路之外。

坐在车上当乘客，满眼尽是新鲜，可心里想要的还是旧情境，越开越觉无望，这样的发展速度不会有多少残留的。

直到车开上从台江县到施洞老屯的老路，惊讶发现几段旧时光居然凝固下来。说来黯然，因新路出现老路几乎弃用的缘故，沿途几处曾出现在我笔下的老景几乎完全存活下来。

大喜过望后，喜新厌旧结果的视觉冲击随处可见，非常强烈。

老路快到山脚的尽头拐弯处，停车下来，眺望一下风景。不远处的寨里传统瓦屋群里有了不少砖结构平顶屋，但还不突兀难看。更远的山丘重重叠叠，衬出苗寨环境的清幽清新。老路到山脚苗寨前转弯，路势有一只大笔刷过的气韵随性痕迹，无现代公路的那种严格规范线条限制，逆光下就是美图一幅。

一道弧形水泥安全矮墙护住这个急弯。墙上蓝色《中共老屯乡党委》的字样淡化了，上面黑色喷笔写的两个手机号码后面，是醒目大字“枪支”。

在禁枪的国度里买卖枪支广告做得这么公开，很不可思议。之后发现这类买卖枪支、黑车、假币的广告到处可见，跟老屯乡派出所民警说到我的疑惑时，民警说那些都是骗子的假号码，打电话去就要上当被骗钱的。

听懂了，却难以释然。

在台江老屯乡岩脚寨朋友家的几天，时差中睡不着还醒得早，睁眼等天亮的感觉清冷复杂。那几天气温也低，主人的新楼客厅宽大空旷，瓷地砖把室外空气暗度进来，晚上堆盖大大小小几床被子加自己的羽绒夹克，混到天微亮，赶快穿好衣服快步往外走，从岩脚寨这头走到那头。水泥公路从巴拉河大桥穿过老屯乡，蜿蜒往施洞方向延伸去的铺陈法，很明白告诉我这就是今天的新苗乡了。

独走不管哪个方向都很有安全感。不知什么原因，很少在苗乡见到面相凶邪下流之人，就算长得不那么周正的面孔，眼神也多为纯良。

寨尾有大好一片低于路面的菜花地，整夜微露润湿的机耕道铺过炭渣更好走，看河对岸薄雾描画的起伏山峰，拐上河岸道路走好远。早起的苗人在河边清洗他们刚摘下的新鲜蔬菜，对话与风声流水搅拌在一起，啵啵清晰。发现河岸边有两株小小的香椿树，几棵紫红半透明树芽半冻，绕下去掰下装进衣袋。爬上岸滑一跤，地上枯树枝湿漉漉冰滑。河岸边长满树干直径不过五十来厘米的高大绿树，据说这些树无人栽种，是它们自己野生长出来的，拉回二十多年前的记忆确实无树的印象，眼下的河岸因此多出绿雾婆娑的轻盈活泛。

往巴拉河大桥方向去，就要走完小镇所有房屋建筑，走过还在建造的楼房和正在建造的寨子新鼓坪，走过它们，大桥就立在那里了。

20世纪90年代初我离开中国时，这段巴拉河两岸的交通方式是有可以载车的趸船和走人的独木桥的。

看桥头纪念碑浅刻字样，落成日期是1993年，这才知道桥的正式名称叫榕山大桥。按中国现代计算法，有二十三岁的桥自然是老桥了，既是老桥，桥面桥栏有点破损就很正常，出奇的是破损不严重，与近年来常听说的豆腐渣桥荣幸地拉开了距离。大桥的交通能量当然比趸船强百倍，洪水之类自然灾害带给两岸苗人的不便被缩减到最小了，因为有了这大桥。

在桥头默站好久，一群白鹭无声结伴从河对面树林后面飘飞出，集体在空中画出一个大圆弧，在桥那头转弯飞入河对岸大树后面去，几秒钟美妙时间容不得我掏出手机抓拍。几天来发现它们有精确的飞翔规律，或早或迟出现的我，一直没在合适的瞬间角度拍下这白色的惊艳。那时分的桥，行人稀少，没车的桥上薄雾宁静缥缈。

怀旧的我想竭力辨认曾很熟悉的老渡口位置，桥和新公路的建成抬高拉直改变了这一带的地貌。原始参照物基本消失的环境里，将薄薄记忆碎片拼接完整很难。

不甘心地慢慢走上大桥，桥左桥右探看，桥下绿水深处有汽车轮胎席梦思隐约可见，紫红的塑料袋半浸。零碎生活垃圾呈同一高度挂在河岸树干上，暗示出洪水曾经的高度。在桥中央发现右边河岸上有破碎的水泥路面，破路延伸到河边，断裂成块半入河中。视线顺着看回河这边，还有一小段残存路面在，原来拉拽趸船的缆桩没有了。从桥那头小商店右拐下到低斜的老渡口河边，河水绿幽幽清亮，原来总在河边挑水、洗衣、等着随趸船过河的人车完全消失，榕山大桥把老屯架空了，再过些年，老渡口会彻底回到自然野生状态。

安静在老渡口河边呆立拍照，转身上望，斜坡上那间杂货

老渡口遗迹

榕山新桥

店当是过去那间简陋到极点的小店吧？不过是扩大了又改变了朝向，过去面向渡口，现在面对公路。

为证实我的新发现，顺小路走上去跟店主聊天，发现老店主并非苗人而是原籍江苏农村的退伍军人，当年不知什么原因就在这里定居下来，娶了当地人安了家，小店开了几十年。老人一口贵州汉话也会苗语，有一句没一句跟我聊天也照顾小买卖，两个裹着施洞妇女标志头巾的苗女牵了孩子急匆匆来买橡皮擦和作业本，没见到谁来买几十上百元钱的东西。

几十年前的苗地小店，灰不溜秋偏黄，店里货物少得可怜，黄泛白的手工草纸草梗脉络黄，条条肥皂干硬狗屎黄，古巴白糖也黄得无奈，记忆中黄色为主调。老人家现在的小店商品五颜六色丰富多了，卖的东西还是苗人常用物品，我特别眼馋那军用胶鞋，至少在二十多年前，这种胶鞋是很值得信赖的产品。细看各种牌子的牙膏糖果毛巾卫生巾，施洞挂面，作业本铅笔橡皮擦等小商品，皆是苗人生活少不得的东西。柜台里最醒目位置是烟，黄金叶、贵烟、雄狮牌、双喜牌、白沙牌、黄果树满满一玻璃柜。不是一条条地放而是一包一包地挨着排列，与时俱进的烟包装上有“吸烟有害健康，戒烟可减少对健康危害”的正经字眼。柜台里纸板上清楚标出从三块五到五十五块钱一包的烟价，抽烟人看来还是不少。

小店有经营烟类的执照，儿子是业主，看店的依然是老人家。

印象中这一带大树不多，只要控制砍伐，树木沿河沿路还是会悄悄长出来。小店对岸寨口老码头高处的那棵巨大黄桷树居然消失，照例说称得上寨子风水象征的大树是不该被砍的，就算地方政府要为民便利修建公路架设桥梁，只要在设计线路时稍偏一点，那棵大树就可以健康强壮至今生存的。那时的我不论走得多么疲惫，只要走近这条河渡口，见对岸山丘大树剪影，热累顿时去掉大半，有回家般的妥帖感。

很遗憾当年的我没有拍下那棵大树画面，此时站在河这岸苦苦思念不果，慢慢走上桥走到那头，大树的位置被还很新的两层楼房替代。新楼外有一堆树枝树干，目测有几人合抱粗的树残桩胡乱堆放着，至少需要百年才能长大的树不过残留如此。

新公路的桥头当然是风水宝地，除了公路两边好几幢簇新砖结构楼房外，桥头边正大兴土木的踩鼓坪进展很快，风雨亭的木结构成形上瓦是几天一个新貌，虽然干活的木匠不多。再过一个半月就是施洞地区传统的姊妹节了，本寨的年轻人不再去河滩上踩鼓，却总是需要有地方过节的。

新踩鼓场边的路对面各有条老独木龙船棚，不知多少年前为寨里龙船盖的青瓦龙船棚历史颜色浓重，可寨里苗人告诉我，说因为老龙船棚“不好看”，会拆掉这两个老龙船棚在别的地方重建。听到这种拆拆拆的说法就心痛。

拆旧建新的好处难以掩饰商业利益所有的短视愚昧，公路大桥重造的老屯乡岩脚寨外观是崭新了，苗人的家居生活质量似乎也随之极大改善，而且这些年来苗人种地不再上税，自产自销的生活总是过得下去。不过现代商业社会大环境下的苗寨，致富还

薄雾清晨

是需要商业贸易、旅游业来实现，交通便利后并未给这条路上的沿途苗寨带来更多游客。二十多年前我出入此地时，还常有外地外国游客来寨里逗留，现在人影都见不到的冷清。没有游客的清寂，寨里商店小铺萧条，小生意基本上只有本地顾客，居家的苗人没多少购买力，生意买卖只是小打小闹赚点小钱而已。寨里唯一一家理发店小老板已经准备搬去大点的城市，生意太少做不下去了。

新的好处其实完全无法替代老的好与魅力。认识到这点已经晚了——如果已经认识到的话。想起几年前到达国内某大城市的夜晚，被城中心广场上当地人引以为傲的灯光椰树惊呆：灯光变幻照耀出的塑料椰树即使在夜晚也假，白天日光下的塑料椰树整个是一堆难看的塑料。不难想象，采用假椰树决策的荒唐官僚意志，可假椰树价格必然不低，背后牵扯出的必然是贪婪经济利益关系。如此荒诞的景观一无是处，但还是有市场。

那些没有用假椰树装饰自己的城市也无法免恶，只要看见新广场重要公开场地上统统是百年大树立在那里，大概就可以判断这些树代表着另一种“谎言”。一座城市一个广场如人的生命，是有生长过程的。园林栽培之树不大可能那么苍老成熟，不难猜想不少老树是从某处风景优美的地方挖掘转卖，以现代园林技术手段切割包装再运到某个大城市，当日挖坑当日栽出“成熟”景观的“人间奇迹”来。且不论技术上转移老树存活率的高低，仅以金钱为润滑剂假美了城市而毁了树木原生地景观的做法，说穿了无非是面子政绩工程，不值得赞赏，更不要说全国各地老建筑被拆被毁的严重程度了。回到我从小生长的老家成都，除了街名还熟悉外，站在大街上我就是地道乡巴佬一枚，彻底迷失方向找不着北。

是我找不到北还是已经无北？我不得不质疑。

曾在意大利罗马古城转悠，满目皆是古迹，千百年历史以不同的砖石土层在罗马建筑中递次或完整不完整地骄傲存在。这个古城之迷人，引来世界各国不知多少个亿的游客们流连忘返，来自世界各国游客的金钱直接施惠于这座城市各行各业，罗马古迹功不可没。

美丽罗马不是一天建成的，苗寨也不是，失去成片的传统苗建筑，老寨子里有时间质感的石头大路小路毫不惋惜地毁掉，真是痛心。极具人文、民俗价值的原生苗建筑苗传统文化，才是真正具有价值的旅游资源，以新代旧，将新作假，以他族文化取代苗文化的做法实在不可取。

自重返黔东南那一刻起，心理上尽管早已做好苗民族文化特色消失太快的准备，也明知我再见到的老苗寨老苗屋将被或已经被成片水泥砖头新建筑取代，新旧建筑混杂参差不齐挤作一堆，将是无可挽回的现实。我曾熟悉来去多次的黔东南，近二十年来一定会大变，社会环境、交通、建筑，苗人们使用的语言、文字、穿着打扮、传统习俗的变化飞快，我都能想象得到，甚至理解，可我视为珍宝的苗寨苗地要是变成了跟汉地大小城镇差不多的模样，我会真的心碎。

重返黔东南的那短暂日子眨眼即逝，大半天气寒冷微凉，特别是清晨面对那群无声白鹭，心动瞬间，眼会一下子湿热起来。